中国教育四重奏 之

小别离

鲁引弓

著

南方出版传媒
花城出版社
中国·广州

图书在版编目（CIP）数据

小别离 / 鲁引弓著. -- 广州：花城出版社，2018.7
（中国教育四重奏）
ISBN 978-7-5360-8654-8

Ⅰ. ①小… Ⅱ. ①鲁… Ⅲ. ①长篇小说－中国－当代 Ⅳ. ①I247.5

中国版本图书馆CIP数据核字(2018)第094131号

出 版 人：詹秀敏
策划编辑：程士庆　林宋瑜
责任编辑：刘玮婷　揭莉琳　林　菁
营销编辑：麦小麦
技术编辑：薛伟民　凌春梅
装帧设计：刘　凛
封面供图：黄璐霜

书　　名	小别离 XIAO BIE LI
出版发行	花城出版社 （广州市环市东路水荫路 11 号）
经　　销	全国新华书店
印　　刷	广东新华印刷有限公司 （广东省佛山市南海区盐步河东中心路 23 号）
开　　本	880 毫米×1230 毫米　32 开
印　　张	8.25　1 插页
字　　数	170,000 字
版　　次	2018 年 7 月第 1 版　2018 年 7 月第 1 次印刷
定　　价	42.00 元

如发现印装质量问题，请直接与印刷厂联系调换。
购书热线：020－37604658　37602954
花城出版社网站：http://www.fcph.com.cn

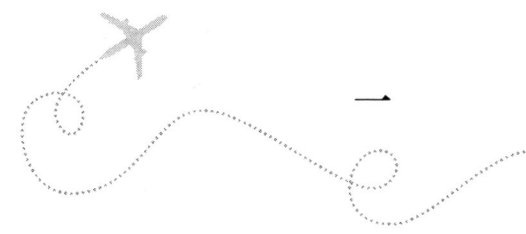

一

42岁的方园做梦都没想到女儿方朵儿的留学计划,最初竟然始于表姐林红的登门哭诉,因为她怀疑自己的老公许光明出轨了。

表姐是星期六下午来的,她拿着一包酥饼,拍打方园家的门,她对前来开门的方园说,弟,我逛街刚好路过你们小区,就过来看看你。

方园把林红让进家门,一边张罗着泡茶拿水果,一边说,你是好久没来了,最近忙吗?

林红笑道,还好,我们许贝贝出国读高中后,我倒是一下子松下来了。林红环顾房间,问方园的妻子海萍和女儿朵儿去哪儿了,怎么不在家?

方园说,双休日白天她们哪有在家的,海萍送朵儿去补课了,今天下午在老师家补科学。

方园把茶杯递给表姐,摇头笑道,你现在是轻松了,我们朵儿明年中考,所以现在双休日四个半天全排满了,补了数学,补科学,补英语……

表姐林红打断他的话,我们也是这样过来的,干脆你们也送她出国算了,在中国孩子上这点学太苦……

林红的脸色有些憔悴,她的语速很快,但今天她来串门显然不是为谈中国教育问题的。果然,她盯着面前的茶杯突然问方园,你在读大学那会儿知道陈宝珠是个怎样的女人?

方园愣了一下,陈宝珠?

陈宝珠是方园的师姐,福建一家房产公司老总,就是她给林红老公许光明提供了眼下的这份高薪工作。

方园和表姐夫许光明是大学时代的师兄弟。在方园的记忆中,福建女孩陈宝珠与许光明大学同班,是一个高高瘦瘦、肤色微黑的女孩,当时传闻她对许光明挺有意思的,好像倒追过一阵。这都是几十年前的往事了。那时许光明是校园里的诗人,小布尔乔亚气质,那时的女生大多喜欢这一款。

想到遥不可及的往事,看着中年妇女林红顶真的表情,方园有想笑的冲动,他就逗她,要不是你提起,我都快不记得这个女生了,印象中,挺不媚俗的,样子有点像年轻时的江青。

哪想到,对面的表姐突然就哭了。天哪,方园在笑,他们结婚都15年了,她还要调访他从前的感情,这是不是太可笑了?

方园惹了表姐的泪点，但他显然不知道这个急性子女人情之所起的依据。他说，都哪年哪月的事了，如今老同学帮衬，只是同窗情意，别疑神疑鬼了，人家现在是大老板，压根儿看不上光明。

方园心想，这可是实话，许光明这些年混得灰头土脸的，那副落魄琐碎模样，现在的女人谁会多看他一眼，表姐还担心有人跟她抢，真有点搞笑。

林红知道自己失态了，虽然坐在对面的是自己的表弟，她在控制自己的情绪，让语气缓下来。她说她怀疑天下哪有这样的好事，而且越来越怀疑了，去年许光明去福建给女同学陈宝珠打工，女同学给他定了20万的年薪，他去的时候自己没疑心，但最近越来越觉得不安，这是因为她注意到了那个陈宝珠与他在微信上的互动。她发现这互动有点说不清道不明的滋味。

她说，可能是我多心了，也可能是我们一家三口现在分处三地，我在这里，贝贝在澳大利亚，许光明在福建泉州，我心里一空落就敏感，但弟弟，你想一想，你帮我想想，这世上有这样的好事吗？这样的岗位他有何才何能，比他能干的、有房产经验的人多了去了，她为什么不在当地找，而是千里迢迢把他叫去呢？

林红脸上的愁绪一览无遗，方园心想，按她这么说，好像也确实得起点疑心。

方园劝表姐，你如今一个人在这里过日子，可千万别想多了，乱想还不如多去福建看看他，还有就是，如果真的心烦意乱，干脆把他召回来算啦，别在那儿干了。

这可是方园的真心话，不要这个钱求个心安拉倒，都已经是这把年纪的女人了。

但表姐脸上掠过很强烈的焦躁，她说这可不行，去年送贝贝去澳大利亚留学，可是冲着光明有这20万元的年薪才敢这么做的，如果他现在回来了，那么贝贝那边的学费怎么办，学费是每年18万元人民币。

她的焦躁迷茫让方园犯傻。他听到楼下不知哪家的小孩在练吹小号，那声音长长短短，像一只粗嗓子的鸭子，扑到了水塘里，在叫唤。

表姐真的像一只鸭子扑到了水塘里暂时不知如何上岸，她无措地站起来，又坐下去。

方园心想，那么去年干吗这么心急送贝贝去留学呢，一家三口飘零各地，总是有代价的。

表姐林红看出了方园心里对自己的讥讽。她说，弟，去年我们是心急了些，但总想给小孩多留一条路，你看，周围人家都在送小孩出去。

方园安慰表姐，那么为了贝贝，你就相信许光明吧，别再乱猜了。

林红从沙发上拿过海萍织了一半的毛线围巾，随手织了几针，她问方园，你对许光明以前的感情经历真是啥也不知道？

方园尽力让自己笑起来，他说，呵，许光明那会儿很纯的，大男孩一枚，在学校时没正儿八经地谈过。

他发现林红好像在冷笑。

林红说，弟，你也得帮我留意点他，你有那么多老同学，如有可能帮着侧面打听一下他们是否也有听到这方面的风言风语，还有，你也打个电话给许光明，套套话看是不是有什么问题。

傍晚海萍陪朵儿补课回来，注意到了放在茶几上的一包酥饼。方园说，这是表姐林红下午带来的。

海萍说，她可好？他们贝贝在澳大利亚那边怎么样？

方园在厨房洗菜，他对走进来的海萍说了表姐的心烦意乱。海萍有些吃惊，她伸手轻拍了一下方园的脸庞，说，换了是我，我也会起疑心的。

方园嘟哝，我可没女同学当老板。

海萍没接着打趣，因为表姐的两难让她起了点愁绪，她说，这事还不全是为了小孩才引起的。

方园说，是为了小孩，表姐也说是想给小孩多留一条路，但多一条路也不能不给自己考虑啊。

夫妻俩在厨房里准备晚餐。海萍把青菜洗了一遍又一遍，她说，当妈妈的只要想到小孩有个好前景，哪怕是一条门缝宽的机会，都会不顾一切往里挤的，哪顾得着想后面的事。

方园"切"地笑了一声，说，换了是我们，也去挤？

后来回想起来，海萍和方园最初就是在这一天说到了"留学"。因为说着说着林红家的事，他们发现如果像许贝贝那样出国读高中的话，女儿朵儿明年秋季也就要出去了。海萍说自己可舍不得她这么小就出国,当然如果朵儿明年中考没考好,家里又有足够留学的钱,那么可能也只能舍得。

海萍拿着一只洋葱,在厨房团团转,她说,可能也只能舍得。你以为林红就舍得宝贝女儿一个人在外面吗,现在她还要操心老公是否花心,这真的悲催了。

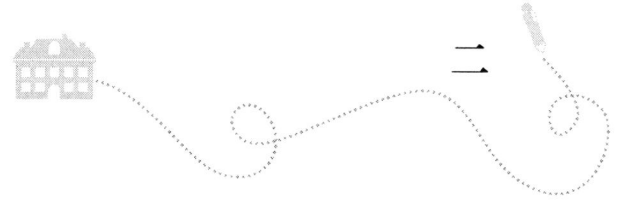

二

最近许多个夜晚,潘海萍经常做到同一个梦境。它反复地出现,相似的片段,相似的梦中纠结,令她纳闷这是怎么了。一年以后,当女儿朵儿别离于她的身边,她才恍悟梦对于人的未来确实有种宿命的预感——

海萍梦见自己坐在山区老家的门前,上世纪七十年代的阳光照耀着门前的黄泥路,路的那一头通往村口,如果村外有人来,村口那边就有一片狗吠。5岁的海萍不知道自己是在等待上海叔父的到来,还是在惧怕他的到来。

阳光落在身上,一只蚂蚁爬到她的衣袖上,有一个声音从身边掠过去:海萍,小叔父什么时候来抱你去城里做街上人?

那一年秋天,村里每一个走过她身边的人都这样问:海萍,你要去做城里人了？

那些声音飘来飘去。在记忆中，这是她人生第一次感到左右的恍惚……后来的那些年这样的不知所措和隐约命定的方向感所带来的伤感和摇摆也时常袭来。而起始无疑是5岁那年。

真正的摇摆感，来自母亲的视线。每一个夜晚她都在一声不吭地纳鞋底，她一双又一双地纳着，父亲说，穿到她15岁都够了吧。

母亲在灯下一边穿针引线，一边看着海萍发愣，好像要把她刻进自己的眼眸里去。昏黄的油灯光，映照着墙上的农具。窗外不知谁家的小孩在夜啼。父亲说，这是好的，她可以去做城里人了，毕竟是我的弟弟啊，过继给他，有啥好难过的，他已有一个儿子了，愿意过继海萍这是帮我们呢。

父亲的声音随着摇曳的油灯光在屋里漾开去，它想要安慰屋檐下的所有人，包括妈妈、大姐姐艳萍、二姐姐灵萍。艳萍舍不得妹妹被抱走，灵萍也想跟着去。三个小姐妹坐在床上，像三只咿咿呀呀的小鸟。她们看着母亲，别离的哀伤正在昏暗中隐隐而来。

小叔父从上海来抱海萍走的那个中午，母亲父亲带着两个小姐姐一路送她们去公共汽车站。从他们走出家门起，村里每一个看到他们的人都向被扛在父亲肩头上的海萍说，海萍，去做街上人了。

"海萍要去做街上人了。"

这是那个村子对她的道别语。而在她的记忆里，是妈妈跟在后面惶恐的脸孔,大姐艳萍的哭泣,二姐灵萍在说,妹妹别走妹妹别走。田埂上是辽阔的风,晚稻已经泛黄。上海是云层底下的彼岸。海萍被换到了叔父的肩上。她看见过路车来了。她看见自己被抱上了车。她看见妈妈拉着两个小姐姐在拼命跟着汽车跑,她听不清她们在说什么。自己呜咽的声音里好像听见她们在说"海萍别走"。

最近许多个夜晚,海萍都重回5岁时分离的那一刻,表姐林红来找方园诉苦的那天晚上,她又做到了这个梦境。

她睁开眼睛,看着晨曦从窗帘后透进来。她回味着刚才梦里隐约的心痛,让自己静一下神。窗外马路上传来公交车报站的声音。她侧转身瞥了一眼床头柜上的钟,快6点了。14岁的女儿朵儿睡在她的身边。她伸手抱抱她,小女孩朵儿稚气未脱的脸像个蚕宝宝,头发里那熟悉的气息从她生下来以后就是海萍所习惯的,在海萍的感觉中,无论是牛奶还是花香都比不上这味道温馨。小女孩睡得天昏地暗,再过8个月就要中考了,所以天天开夜车做习题到半夜,早上哪怕能让她多睡10分钟都是好的。此刻女儿睡得这么香甜,显得很乖。海萍轻搂了一下她,心里舍不得相依的这一刻。事实上,小姑娘朵儿最近不知为何也特别依恋妈妈。晚上做好作业后一定要和妈妈睡。所以老公方园被赶到隔壁小房间的单人床去了。

6点,海萍赶紧跳起来,她要用20分钟做好早饭,6点30分的时候要叫醒女儿和老公方园,让女儿梳洗,6点50分吃早饭,

7点让方园用自行车送女儿去上学。7点20分必须到校，否则就迟到了。

海萍在厨房里先蒸了几个馒头。这些馒头是前一天从单位食堂买来的，她相信它会比外面街上卖的要让人放心一些。海萍从冰箱里拿出一个鸡蛋，烧水煮蛋。鸡蛋在沸水中噗噗地翻滚。水汽氤氲。她想起了姐姐艳萍的脸。这蛋是大姐艳萍从老家背来的。

艳萍看上去又老了不少，她小心翼翼拎着一大篮子鸡蛋搭长途汽车过来，她说，给朵儿吃，这是自己家的鸡生的，自家的鸡不吃饲料，街上买不到的。

这些鸡蛋艳萍不知攒了多少天，现在被海萍当作宝贝，藏在冰箱里。海萍和方园是舍不得吃的，每天煮一个给朵儿当早餐。

海萍把馒头和水煮蛋放在桌上，转身去热牛奶。她对牛奶是不放心的，但没有兄弟姐妹是养牛的，所以也只能买超市的。她把牛奶倒入玻璃杯，心里在想，超市里有那么多牛奶，中国有那么多人，中国得养多少头奶牛才能装满这些盒盒罐罐啊？

她就带着每天都有的疑虑，进屋去叫醒朵儿。她说，宝贝，起来啦，要来不及了。她俯下身，抚着朵儿的脸。

小女孩朵儿坐在桌前吃早饭，她脸上还半梦半醒的，她穿着宽大的校服，还在担心昨晚数学作业有两道题没解出来，担心今天上午的语文考试可能要默写古文。而海萍则希望她早点清醒过来，因为今天上午不仅要考语文，还有一场数学考试。这些分数都要计入保送生资格排名中。

小女孩咬了两口馒头,喝了一小口牛奶,就推开杯子,说饱了,起身去拎书包。

海萍急了,她说,鸡蛋,把鸡蛋吃掉。

小女孩说吃不下了。她拎着书包跟着爸爸方园打开家门,走到了电梯口。

海萍剥着鸡蛋壳,追到门外。她说,咬一口,只咬一口。她心里在想,这么有营养的蛋,有钱也买不到的。

她举着剥了皮的鸡蛋,送到了女儿的嘴边。朵儿咬了一小口。她脸上依然半梦半醒的,跟着爸爸进了电梯下去了,她那身蓝色运动校服与笨重的双肩书包融为一体,像是驮着一座小山。海萍看了一眼手里剩下的鸡蛋,放进自己嘴里。

三

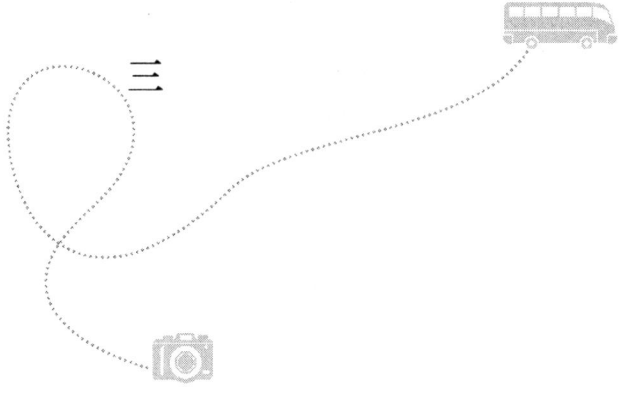

几天后的一个下午,方园在下班前走到办公楼走廊的顶端,靠在一根立柱上,给远在福建的表姐夫许光明打电话。

手机里传来了铃声,可一直没接。在拨打第二次之前,方园让自己稍等一下,他看着楼下大街上的车流,下午4点20分,车辆在飞快地增多,晚高峰即将来临。他想一会儿自己得早点走,要去女儿朵儿学校门口接她。他想许光明正在开会吗?他好像看见了许光明白净的脸色,微长的头发,微皱的眉头,有些闪烁的眼神,正在玻璃窗的反光中瞅着自己。

许光明最近这10年一直不顺。每当方园想起他英俊少年时的样子,就对这个时代人随风起伏的命运有莫名具象的感慨。

在方园的印象中,这位师兄兼表姐夫1987年从复旦大学毕业分配进一家大型国营轴承厂的时候，还是他人生的风光阶段，当时无论是他安稳的收入还是意气风发的状态都令人羡慕，当时他们厂里好多人都打探他是否有女朋友，想安排相亲，而许光明有次来方园家玩，遇上了方园的表姐医生林红，两人一见钟情。然而，当许光明在轴承厂做到第十个年头，突然厂子就不行了，要转制，一批批工人下岗了，许光明于是下海，这接下来的命运就像风中的轻尘，在多数的时间里处于低空。在方园和老同学们的眼里，这是时运，也是光明的个性使然，清高有才，情绪化，眼里不能容沙子，不能勉强自己。所以，这些年他虽做过外贸、医药、房产等，但无法持久。

人一不顺，就会心急，方园感觉到了许光明这几年愈来愈强烈的"不发财，毋宁死"的情绪，而这情绪使他更为焦虑地掠过一个个站台，两手空空，自傲自贱，不愿和人来往。有那么一阵，方园甚至担心他这样子下去会不会自闭起来。

现在方园又拨了一次电话。这次他听到了许光明的声音。光明说，是方园啊。

方园听不出他是高兴还是不高兴，于是装作轻快的样子说，没什么事，就是突然想起你来了，好久没联系了，你怎么样，啥时回来探亲？

光明说，最近有个项目要开工，跑不开，可能要下个月了。

这当儿，方园想象着许光明坐着房产公司副总办公室的老板桌前，桌上摆着一只白色精巧的房子模型。方园从没去过房产公司，所以只能这样想象。

方园装作逗他,说,你不回来,林红独守空房,你就不怕后院起火?

这下他听到了光明的笑声,光明说,老夫老妻的,有啥好担心的。

方园心想,你不担心,我们这边的这个已经急得要着火了。

方园跟着笑了,一时不知道该怎么把话题转过去套他。方园就有些急,因为等会儿还要去接女儿放学,他说,你工作还顺手吗?哦,陈宝珠是老同学,她总会关照你的吧。

光明说,嗯,老同学嘛。

方园笑起来,说,她当年可是你的粉丝,现在还粉你吗?

光明没笑,说,哪里哪里。

方园故意坏笑,说,可不会鸳梦重温吧?

光明没笑,好像还有些恼了,说,哪里哪里,她可是我的老板,发钱给我的老板。

光明转了话题,说,你还好吗?你家朵儿要考高中了吧?

方园说,是啊,这一阵已经进入拼的阶段了,想冲冲重高看。

光明说,你们准备让她出去留学吗?

方园说,哪有这么多钱?

光明笑起来,说,就是就是,哥在这里,也就是为了这个,我们贝贝一年要18万元哪,你们如果也想送小孩出去,要赶紧去赚钱了。

方园把话题拉回来,他笑道,你多亏有个女同学,红颜知己啊,我哪有同学当老板的,没这个运气。嘿,光明,想起来也真的是有意思，这年头可能还真的是女人仗义。

光明就有些支吾，他说，同学归同学，工作还是有工作的标准的。

方园故意嘲笑他外交辞令，说，哟，当年情结难了，还用说啥呀，要不干吗千里迢迢招你去，别又被人看上了。

光明笑了一声，说，可别瞎想，那是多少年前的事了。

方园觉得自己有点不依不饶了，他说，你孤身一人在外，天晓得如何，不过要知道，如今你们一家分居三地，这事可折腾不起，别让人看笑话哦。

方园说完就后悔了，因为太直白了。果然他听见光明说，你呀想多了，这么怪地打个电话来就是为了八卦我吧？想知道我是不是有小蜜小三了？反正我告诉你，你也可以去告诉你姐林红，老同学不是我的菜我也不是她的菜，互不为菜，真的，否则，我不成吃软饭的啦。方园，我可明白自己来这儿是干什么的，就是一赚学费的。

许光明这么直接地说出来，倒让方园说不下去了，他感觉自己的脸都红了，好在隔了那么远的空间，谁也看不见谁的脸面，方园哈哈笑起来，说，光明，我可不会和林红乱说什么，万一撞上她正犯疑心病，不火上浇油吗？

光明在那头嘟哝了句什么，方园没听清。他们接着聊了一会儿许贝贝在澳大利亚读书的情况，以及方朵儿明年中考万一没发挥好是否要做留学的准备，还有方园说哪天去福建看你，还没去过厦门呢，正好也去看看。正说着，光明说，头儿有事找他，以后聊吧。他们就说了声"Bye"。

方园关了手机,回味刚才的对话,一时辨不出苗头。许光明的言语里确有躲闪的味道,但你看不出他是对这话题中的八卦敏感呢,还是在敏感别人觉得他靠女同学相助这件事。方园一边往办公室走,一边想,说了也就说了,就算敲打他一下吧。

而福建泉州这边,许光明搁下手机,因为他看见过去的老同学、现在的老板陈宝珠进来了。

宝珠穿着一袭湖蓝色的香奈儿套装,极短的发式,她笑着递给许光明一盒凤梨酥,说,刚有朋友从台湾过来,你尝尝。

宝珠把修长的手指按在光明的桌边,看着他好像有些恍惚的眼神,心想他是不是还在为文案发愁,因为她上午怪他想象力不够浪漫,怎么越来越不浪漫了。

宝珠说,晚上有个应酬,你一起去一下,是与医院门诊新大楼招标项目有关的。

许光明一边心想晚上8点30分我还得给老婆打电话呢,一边点头,说,好吧。

宝珠往后退了两三步,在办公室中间站直,风姿绰约地冲着他笑,说,别不喝酒哦,稍稍也陪着喝点。许光明低头点着,说,好吧,喝点喝点。

她往门外走,他听着她高跟鞋的声音响在走廊的远处。许光明感觉胃里好像有一些纸团堵着,有些闷,他知道它多半与方园的那通电话有点关系。他知道是林红疑神疑鬼让方园来打探的。

四

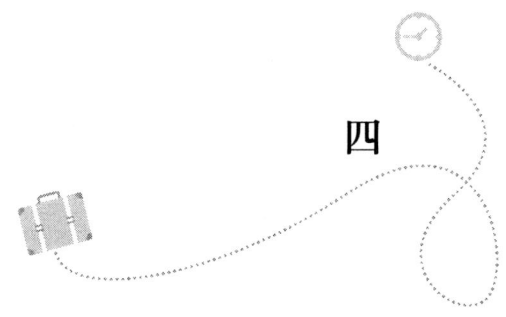

方园从单位出来,骑着自行车往女儿学校的方向赶。路过"时美"超市,他飞快地进去,先买点菜,再去接女儿。

在超市里,他拎着一只购物篮。他从冰柜里拿起一块牛排,端详着日期、产地,还是把握不准要不要放进篮里,牛肉上那些细细的纹理,闪烁着红润的光泽,他想,这没事吧?

家有小孩并且是中考生,买菜是犯难的事。他拎着菜篮在超市里走,觉得自己日益像个强迫症患者,在那些菜品中发愣。这是一天中比较纠结的时刻。超市外面,正是下班时光的大街,车水马龙的气息从大门那边涌进超市里。方园的压力来自于老婆海萍的焦虑。海萍说别去菜市场买菜啦,去超市买,万一有点什么问题,还有人好找,至少进货渠道可查,菜场里的那些菜贩子到时连人影都找不到。

方园看了一下手表,他得在5点30分之前赶到女儿的校门口,接女儿放学。他心一急就拎了一棵黄芽菜和几根黄瓜。他走回生鲜柜台,还是把那盒牛肉放进了提篮里。经过水果区时,他匆匆称了十几只猕猴桃和3只火龙果。

他结了账,就骑车往女儿学校去。城市的黄昏时分没有夕阳,灰红天色掠过立交桥、大厦、广告牌上空,阴霾天已经持续两周了,灰蒙蒙地笼罩着这个时代每天都在堵的马路和街边行人想心事的脸上。在暮色四起中,方园从那些相似的倦容里看到了同一个表情:回家。回家。方园沿着自行车道骑得飞快,他想了一下女儿胖乎乎的小脸,他要带着女儿回家。他知道她看见他又来等她了会有点不高兴。这个年纪的小孩都是这样,他们在长大。然而方园还是放心不下这条喧闹的街、不避人的车,以及这世上其他不知所起的忧心。方园相信在这一点上,他不是偶然特例,否则校门口也不会有那么多家长像被人提着脖子的鸭子,探着头向铁门里张望,张望他们的宝贝出来,然后护着小孩回家。

方园站在校门口等待,女儿还没出来。身边的家长每天说的都是相似的话题,比如中考,比如保送生资格,比如加分政策是否公平。而今天在讲的是留学。有个家长在说,这个月他孩子班上又有两位同学不来上课了,准备去留学了,这两位都是中等生,因为家长觉得与其让小孩留在这里参加中考而考不上重高,还不如现在就让他们退学,赶紧去外语培训学校专攻英语,申请下半年直接去美国读高中。

像往常一样，校门口的每一个话题，都像一个热乎乎的拳击包，不同的言语从四面击打过来，说着说着，就有所宣泄，但也会有所焦虑。比如，关于为什么非要上重高，七嘴八舌中其实有个共识：这还不光是为考上好一点的大学，更主要的是，现在的普通高中和职业高中学风校风较差，小孩会被带坏的，特别是女生，去那里基本就意味着另一种活法了。

所以，不存在是否选择重高的问题，而是你无论如何得挤进去。

女儿朵儿所读的这所中学是公办初中，要考上全市排名前七位的重点高中，就意味着明年6月要和全市一百多所公办初中与民办初中的两万名初三学生PK 4000个名额。事实上，即使是前七所重高，真正好的也就最前面的三所（后四所的学生高考时多半也就考个二本），而前三所的招生名额是1500名，去掉保送生，实际招生1000名。按往年中考情况，朵儿所读的这所公办初中，每年七百多名初三毕业生中只有九十多人考进前七所，其中二三十人考进前三所……

这些数字就像街头弥漫的汽车尾气，无形而浓烈，浮在校门口那些伸长脖子向校园里张望的人的头顶上。他们心里还有一个共同的焦虑：与这所中规中矩的公办初中不同，那些民办初中正在对学生进行魔鬼式训练，每天晚上3节自修课，等于1天多上3节课，双休日只放1天假，搞集体补习，这边公办的怎么去比？

校门口的人每天都在说着这些事。他们说以前也不是这样子的，现在怎么这样了呢。他们说这年头假的太多而考分这东西倒是货真价实的，靠这些小孩辛苦地一分分弄出来。

这么说着孩子们从校门口涌出来了，他们走进了这边的忧愁和心疼里。一个眉目清秀的男孩背着书包大声对方园说，叔叔，方朵儿今天值日，要晚一些出来。方园认出这男生是朵儿小学时的同桌李想。方园拍拍他的肩说，哦，谢谢你，小朋友。

终于等到女儿出来了，她背着个大书包，扎着个马尾辫，显得很小，她好像没看见方园，径自走过去。方园知道她的脾气。方园推着车，跟在后面。方园说，囡囡，爸爸带你回家。她说，我想走回去。

方园就跟在后面，女儿走得飞快。那只沉重的书包就压在方园的焦虑中。方园说，把书包放在我的车篮里吧。她说，不要。

从远处看过来，这一对父女好像在赌气。这些天每个傍晚开始的时候都是这样。今天女儿在前面拼命走，他在后面跟。她突然回头说，不要你来接了，我已经大了。

方园在后面嗯嗯呀呀说好的好的，说爸爸知道囡囡可以自己回家的，但为了省点时间，骑自行车可以少走点路。女儿说，但是我喜欢走路。

女儿性格像海萍，有点内向和倔脾气。方园跟在后面，知道她除了心烦爸爸又来跟着她之外，也可能真的喜欢沿着街边走回家去，在教室里坐了一整天没准她觉得这么逛回家顺便在街边小店买点吃的是一种享受。但暮色已经降临，从这里走到家还要过6个红绿灯，横穿4条马路，回家还要赶紧吃了饭做作业，否则搞到11点半还不一定做得完。如果有点时间，还要下楼去跳绳，因为这是中考体育测试项目。

方园哄着自己的宝贝女儿说，妈妈把那只你喜欢的毛绒小猪买回来了，你不想赶紧回去看看？她没响，拼命往前走。方园推着车拼命地跟着，这样一对父女现在一前一后赶路的姿态看起来很搞笑。方园说，囡囡，如果我们快点到家，还能看一会儿电视。她一边快快地走，一边说，人家会不会觉得这是坏人在追赶小孩？！

方园笑起来。女儿胖乎乎的小脸也终于笑了一下，她说，你不觉得你像个看守吗？然后这小姑娘突然就哭了。在人来人往的大街上，泪水在她的脸颊上流淌，她把书包丢进爸爸的自行车篮，她坐上后座，她嘟哝，我已经大了别叫我囡囡了别叫我同学小朋友了别再烦这街上有车祸这路上有坏人有骗子拐小孩我知道有坏人有骗子……自行车在街边行驶，马路对面南方大厦幕墙上的LED正在放着炫目的广告，路中央汽车堵得水泄不通，汹涌的汽车尾气就像黄昏的叹息，方园知道她还在后面流泪。快到家的时候，她说今天数学考试最后一道大题来不及做。他说，没关系。

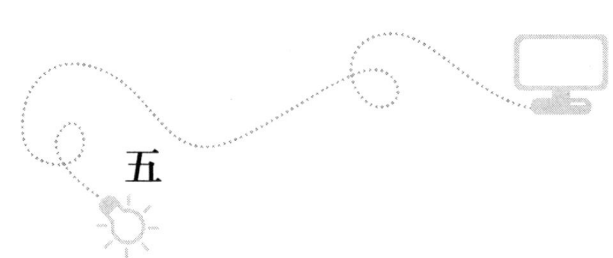

五

这一天等女儿朵儿做完作业,已经是晚上11点了。

海萍说,今天又来不及下楼去跳绳了。

方园说算啦算啦,阴霾天,PM2.5都过130了。

海萍就赶紧让女儿去洗脸睡觉。小女孩刚刚才从一大堆作业中解脱出来,这一整天她的神情到此刻才真正活转过来,她在客厅里转来转去,磨蹭着不想去睡。方园心里变得很软,他说,打开电视机,看10分钟,我答应的。

朵儿就飞快地去开电视机,笑盈盈地盯着荧屏。一部莫名其妙的古装片让她脸上显出了憨喜。其实无论是什么片子,她都心满意足,她只是喜欢看电视这个行为,因为平时太没得看了。10分钟一到,小女孩就知足地关了电视机。她说"我要和妈妈睡",就进卫生间洗漱去了。

海萍看着女儿小小的背影,在心里叫了一声:乖宝宝,到明年考完,我们看个通宵。

女儿睡了,现在海萍方园才有了这一晚他俩自己的时间。海萍在洗猕猴桃。海萍说,这猕猴桃真大。她把一只洗好的猕猴桃用纸巾擦干,连同一袋菜园小饼用食品袋装好,放进朵儿的书包,让她明天带到学校吃。

方园坐到电脑前,今晚他得为自己的工作单位赶写一份材料。他打了几个字,突然想起下午给表姐夫许光明打的那个电话,就对海萍说了这事。他说,我可套不出什么蛛丝马迹,因为他说他明白得很自己在那儿是干什么的。

方园笑起来,就一赚学费的干活,他定位低调着呢。

海萍正想抓紧时间看一会儿韩剧,她把电视机音响调得很低,几乎没有声音,荧屏上那些俊男靓女在无声地演着字幕。但今天海萍的注意力好像无法集中,因为傍晚时她在电梯里遇到了楼上的吴佳妮,吴佳妮说她女儿琴琴在办去美国的留学。而现在,正好方园又提到了表姐林红家的事,所以海萍就对方园说,你知道吗,楼上的琴琴也要出去了,吴佳妮哪来那么多钱?

离异女人吴佳妮在省老龄委工作,独自带着女儿琴琴生活。琴琴和朵儿同校同级不同班。于是,"比较"像无所不在的空气,在这楼上楼下的母亲们之间流动。琴琴是个内秀的女孩,只是成绩不如朵儿。

方园从电脑桌那边扭过头来，问，她哪来那么多钱？不是说去美国读高中只能读私立的吗？听说每年学费连同生活费大致40万元人民币，4年高中读完，还有大学接上，她哪来那么多钱？

海萍说，我也觉得奇怪，难道她也想把房子给卖了？

"留学"似一个隐藏的岛屿，这几天海萍一家说着说着这话题，它就一下子漂浮到了眼前。

先是表姐林红来哭诉留学费用引出的纠结心事；接着是朵儿从学校回来说班里谁谁不来上课了要出国了；然后是海萍方园交流单位里哪个同事的孩子也走了，这一合计，吓了一跳，这两年有30多位同事把孩子送去了国外读大学或高中；再接下来，是他们意识到这楼上楼下的某个小孩好像有好些日子不见人影了，隔天去一问，果然是出国了。于是海萍掰指算了算，这单元楼里11个楼层，已有6个小孩去了美国、英国、澳大利亚、加拿大。

不在这里读了。他们不想在这里读了。

那么，我们在不在这里读？

考上重高当然读。

但万一考不上呢？

嗯。

其实就是考上重高的，也有不在这里读的。一楼吴医生的女儿去年考上第一实验中学，才读了一年，就不读了，去了美国读十年级，还说去晚了，最好初二就去。

炫白的日光灯下，电视机里那些帅哥靓女的纠结情感暂时失去了重量。坐在沙发上的海萍有些走神，她在想着那些孩子的脸。窗外小区里，秋风正在掠过树梢。夜空里隐约有打桩机的声音，咚咚咚，不知从城市哪一个角落传过来，似有若无，就像这时代隐约的心悸不知所起但时而可感。从轻轻摇曳的白纱窗帘望出去，一家家亮着灯光的窗子像一盒盒积木，你听不到那里的动静，但知道那里面正窃窃私语各自的心事，比如，海萍方园今天的问题就比以往更具象一些：同事钱芳娜的女儿在纽约读到大三了，钱芳娜为此已卖掉了两套房子，而楼上的吴佳妮好像没什么钱，当然更没那么多房子可卖，她怎么也起了这个念头？

六

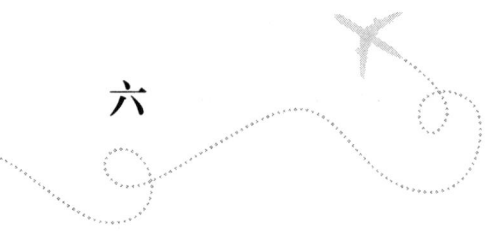

星期四晚上,海萍在女儿的期中考试成绩单上签字。语文105分,数学102分,科学140分,英语109分。总分年级排名178名。各科:语文31名,数学302名,科学22名,英语17名。

海萍皱着眉头研究问题到底出在哪儿,朵儿像只小猫一样站在边上,说,数学有一道题来不及做。

又是来不及做。海萍说,你就不能动作快点。

这时方园开门进来,他拎了一盒橙子,刚从葛香镇出差回来。他看见母女俩面前放着一堆试卷,就问,期中考试成绩出来了?还好吧?

小女孩和海萍都没响。方园问,朵儿,怎么样?

朵儿没响,甚至看也没看他一眼。海萍向他使了个眼色,意思是：嘘，别怪她。

女儿不搭理他的样子，让方园还是忍不住，他对女儿唤了一声，朵儿。

你不能骂我的。小女孩面容憨厚地说。

方园说不会不会。

海萍说，数学又来不及做。

方园拿过纸，看了一下说，数学分数还不错的，如果那道来不及做的题做了，就112分了，我觉得挺好的。

小女孩说，我会做的，就是来不及。

海萍说，来不及，就说明你还是不会做，不够熟练才会来不及做。

小女孩就有些倔，说，我是会做的。

海萍说，动作慢就是因为不熟练，粗心也是因为不熟练，熟练了，甚至看一眼题目就知道出题意图了，你想粗心都不可能，想来不及都不可能，所以说，你平时题目还是做得太少。

海萍说着说着就有些激动，她也知道这不好，但火就是往上冒，不知为什么她控制不了。也可能她虽在安慰宝贝，但心里其实还是在乎。小女孩就哭了。

方园说，不就一道题吗，不就是一道题吗，这不是考能力，这只是为了排名次，别看得太重。

海萍皱了下眉，说，切，就是要排名呀，前40名才可能进前三所重高呀。

见女儿一声不吭地在一边流泪，方园就钻了牛角尖，他对海萍提高了声调,你说说看,你说说看,1分、2分,这么点微小差别能代表多少能力的高低?排名到这份上,只是为了一定要区分出层次来,这不意味着你真的差多少,不是她不会,她会,只是她还略有差错,小孩子谁没差错。

海萍说,书呆子才辩论分数和能力的关系,谁和你辩,中考、高考和你辩吗?我只知道排名要靠前,就不能丢分,就得一分也不落下,就得……

方园恼火地说,没错,要排个好名次,就不能有一丝一厘的错,非得练到你像个麻木的运动员,神速,不紧张,不出一丝意外。方园在客厅里转圈,气氛在往差的方向奔跑。方园说,否则别人训练得像台精确机器,而你不是,你就落后,如果大家都是,你也是,但你还有一点点差错,那你也是劣等!但你真的就比另一个要低出多少?一题10分,凭什么样10分?你搞不明白这个,就永远为这可笑的1分、2分难过去吧,还真的难过了,有病。

他们就这样吵起来了。海萍的眼泪就下来了。这母女俩的哭泣是一个方式,就是无声地流泪。小女孩朵儿不太听得懂她爸的意思,但妈妈的眼泪让她不知所措。小女孩抹着眼泪,对着桌上的那张纸很懊丧。她在说,差1分,全年级700人里就差10名,差10分就差100名,一道题就10分呢。

海萍知道其实宝贝一直在心痛来不及做的那10分。海萍就拥住女儿,用纸巾擦拭她的小脸蛋,就很后悔自己刚才发急。小女孩进入初三后,其实已经知道和人比了。女儿在乎名次的样子,让海萍觉得欣慰和心疼,她想,刚才一直在提醒自己不能让宝贝难过的,怎么又让她哭了,我怎么了?她轻拍着像小猫一样黏在自己身边的女儿说,没事的,以后我们多做点题目,下次数学争取拿到110分以上。

可能是妈妈今天哭了,所以小女孩显得特别乖,她一边点头,一边说,问题的关键还不是110分以上,老师说满分都不是最重要的,最重要的是名次,这次数学有30个考了满分120分,119分的就只能排31名了。

母女俩心通的样子,让方园觉得她们逻辑不通。他在一旁说,女孩子不能太算了,不能太在乎,以后大气、舒服才好。

海萍觉得方园又书呆子了,她说,混不上去,以后长大了心态又能大气舒服到哪里去?

他们就又吵了,吵着吵着,就像在吵先有鸡还是先有蛋。其实在他们自己读书那阵,人们就在吵这事了,比如"用12年磨人的应试苦读换取未来较高质量的生活值不值"。讨论快20年了,都没解决这其中的逻辑和功利,今晚海萍方园当然也解决不了。

不过,也可能这问题其实早解决了,甚至早在当年讨论之前,在所有家长心里就解决了,只是装作没解决而已。甚至还有一种可能,这根本不是一个问题,因为在子女现实生存问题上,多半家长是不会让自己犯傻的。这不,轮到海萍方园自己当家长了也还不是一样。只是无奈的一边,有心痛而已。没解决的是心痛问题,所以争论是为了宣泄对一茬茬中国孩子的怜悯。

其实他们也知道这些,他们只是像往常无数次一样,在某个瞬息管不住自己的情绪。所以,现在方园不想和她吵了,他下楼去倒垃圾,顺便散步。

散步回来,方园在电梯里遇到了楼上的吴佳妮,她拎着个小提琴盒。

方园说,嘿,在学琴?

吴佳妮说,借的,想让女儿赶紧学一点。

方园问,你女儿准备出国读高中了?

她说,是,主要是不想让小孩拼得这么苦了。

方园点头。

想让她有一个好一点的环境。

方园点头。

想让她学点有用的东西。

方园点头。

想让她心态宽松点。

……

吴佳妮今天的表情不知为什么让方园觉得有点牛B。而平时,他看着她总觉得有点凄风苦雨的。

吴佳妮说,读美国私立高中一年需花30万至40万元人民币,但这里还有一个空间,如果你有亲戚在美国,你不住校,那么学费基本上可减半,这样20万左右够了,省了一大截,三年下来七八十万元,对有些人来说,这条路就可以走走看了。

方园说，哦，这样啊。

但对我来说，这还是太贵。吴佳妮对着电梯里的镜子笑了一下。她说，我走的是另一条路。

她的笑有点神秘得意。但电梯到了7层，方园来不及听了，因为到自己家的楼层了。他只好走出电梯间。吴佳妮在后面说，嘿，你妹妹不是也在美国吗？

方园下楼的这一阵，海萍已经调整好了自己和女儿的情绪。女儿在桌上做作业，海萍在一边给女儿准备明天带到学校去的课间零食。

她装了一根香蕉、两根牛肉棒，然后回头问女儿，明天你要带菜园小饼干呢，还是好丽友派？

女儿回头很高兴地说，想到明天我就很开心。

她指了一下海萍手里的好丽友派，说，因为何小鱼再也不会来偷我的饼干了。

女儿的同桌何小鱼是个调皮的小男孩，习惯从别人的书包里找吃的。朵儿带去学校的东西有一半都被他偷去吃了。当然只要他自己带了零食来也绝对是大方的。饮料什么的，总是让朵儿先喝一口才自己喝。

小女孩说，何小鱼明天不来了，他要留学去了，不参加中考了。

女儿在高兴何小鱼再也不会偷她的饼干了，再也不会考试时偷看她的卷子了，而海萍则装淡然，在女儿面前应对留学的话题。她说，何小鱼也留学？那要多少钱啊，人家爸妈是做生意的吧，我们还是考重高，妈妈也不舍得囡囡这么小就一个人出国啊。

其实小女孩朵儿压根儿没这意思，她也怕着呢。她只是想着班里的事觉得有趣，她对妈妈说，何小鱼成绩这么差居然要出国了，说不跟我们比了，坐在后排的李想听他这么说就受刺激了，李想昨天还在得意自己科学比何小鱼多考了30分。

李想是班长，小帅哥，朵儿小学时的同桌，朵儿有点喜欢他，所以她想到他嚷嚷着自己受刺激了的样子，就忍不住笑起来。

而海萍则想：怎么又一个不想比了？

正说着方园散步回来了。他说他遇到吴佳妮了。海萍使了个眼色，拍了拍朵儿的肩膀，说，琴琴是因为考不上重中，才想退路，而我们还有机会，囡囡，我们要冲上重高，重高就在家门口，妈妈天天夜自修后来接你，天天在家给你烧好吃的，多好啊。

说是这么说，海萍这些天其实也在恍惚。女儿排名是有起伏的，好的时候30多名，失手的时候，比如这次就排到了150名以外。重高考不上怎么办？

有些事像岛屿，而漂到眼前时，它就变成了巷子。海萍已经站在巷子口了。

她在厨房打开水龙头洗橙子，水哗哗地响着。她想，他们也不都是很有钱的人，与他们比，我们也未必没有条件出国，甚至条件可能还更好点,方园的妹妹方芳在美国,我哥在澳大利亚,如果要卖房的话,我们也还有一套余房可卖……

她大声对厨房外的方园说,今天这些橙子挺新鲜的,哦,以后买猕猴桃别挑大的,今天微信上有人把果农用膨大剂浸猕猴桃的照片发出来了,挺可怕的。

七

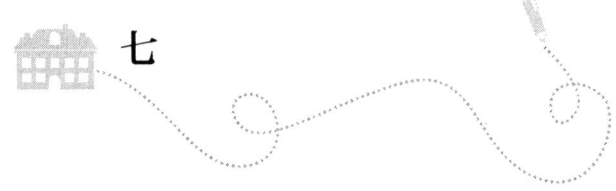

方园说，猕猴桃也要提防了？知道了，知道了，反正大的甜的，看上去好得离谱的，都得防着点。

方园一边说，一边进了里屋，他要给表姐林红打个电话。

他拿着手机对林红说，姐，我和许光明联系过几次了，也和几位老同学联系过了，没蛛丝马迹可疑的，所以你放心，光明有一句话我挺听得进去，他说他知道自己是干什么的，就一赚学费的，定位很准确呢，哈哈。

林红在那头笑了一声，说，他刚给我来过电话，怀疑是我让你去管教他呢。

方园说，你承认了？

林红说，我没承认，但我对他说，咱家这种格局，分分钟都有可能家毁人散，外人一眼看过来就明白，难道还要我派谁来敲打你吗？

方园说，OK！

他听得出表姐今天心情还不错，天下太平。

福建泉州。许光明刚才确实给老婆林红打了个电话，刚才是8点半，每天晚上这个时间，他和林红都得通一次电话，他觉得是仪式，你也可以觉得是查岗。

一家三口分居三地，作为一个家，确实需要仪式，比如，晚上6点半是和墨尔本的女儿通过手机QQ视频时间，而晚上8点半则是老婆查岗时间，这两个时段，是一家人聚在一起的时刻。其余时间，自由活动。

只是今天他给林红的这个电话，是躲在洗手间里打的。当时他和老板陈宝珠等公司的一干人，正在酒桌上为一个地产项目应酬，看着每天规定动作的时间到了，他装作上洗手间，从酒桌上下来，进了洗手间掏出手机，就对故乡的老婆说，自己挺好的，在书店里看书呢，刚和女儿视频过，她在做作业⋯⋯

许光明不是个爱撒谎的人，他只是怕老婆多想。应酬，喝酒，谁都会对生意场上酒后的男人有暧昧想象的空间。说真的，他自己也不喜欢这一套应酬，怕累，怕烦，到这个年纪，不是成功人士的，混在一堆气壮山河的创富者中间，都多少有这个心态。更何况，坐在桌边不引人注目地吃点喝点也罢，但让光明无措的是散席之后，老同学、老板陈宝珠常常需要他倾听的那些倾诉。

比如今天晚上，与市规划局的朋友吃完饭，陈宝珠让许光明跟自己一起再去商量一下刚才桌上谈的项目信息和对策。

这是理所当然的，只是商量的场地往往是酒店的咖啡吧，或临湖的商务酒吧，而谈着谈着，她又要谈她的情绪了，这就使商量与谈心、老板与密友的界限变得模糊起来。当然，对许光明来说，这本来也无所谓，甚至更好，但现在许光明却觉得不自在了，一是因为这种时候的陈宝珠往往是因为刚才应酬时喝多了而带着点醉意；二是看着她的善感多愁恋旧、想遏制又想汹涌的情绪，以及酡红的脸庞，自己也会有遏制不住但又想遏制住的瞬间；三是这纠结还不完全是因为林红，更多的是自我不佳的感觉和心境，如果他现在的处境能稍稍与老同学陈宝珠持平的话，那么指不定他会为这样的汹涌爽成啥了，但现在这平等不存在，他的意识中更沉重的是物质依附的暗示，这暗示使情感无法昂扬起来，如果让意识迁就情绪，那不就真成吃软饭的了？他曾经的荣耀和他当年对她的婉拒，使他无法拥有轻快的心情，他知道如果任情势奔跑，结果也不会轻快到哪里去，于是他就以逃避的心态、手足无措的方式，拖延着这不知所终的双方情感暗流。

他温和地对着这面前的老同学女老板，心中有温柔同情也有害怕。

今天晚上他对林红谎称在新华书店看书，现在他和宝珠坐在星光大酒店的咖啡吧里，面前的拿铁在散发着芬芳，宝珠在分析下面一个县级市的商贸场项目，以及她对三线城市住宅市场的前瞻，同时穿插着大学时代一次有趣的诗会活动，她说，你还记得吗，那次诗会我们是在城市附近一个公社的麦地里举办的，那天你还从农民家里偷了一只鸭，晚上我们煮了一锅鸭汤，哈哈哈……她说，呵，我们把那个县城的住宅项目取名"麦地郡南"好不好？

许光明就笑起来，他看到了窗玻璃上自己和她的影子。他看了一眼周围，他知道那些成双成对的男女全都不是夫妻，哪有夫妻来这里聊天的。

于是有那么一会儿，他想到了老婆林红，还想到了师弟方园。他想，换了自己是他们，也绝对要疑神疑鬼的。当然，他一想到别人在乱猜自己，就又对自己的处境有些生气，我就是一赚学费的，哪有搞浪漫的心思，那是富人闲人搞的，是闲愁。

而对面的这个女人，就是后面这一类人。她此刻正等待许光明对自己言语和情绪的呼应。她温和地看着自己的老同学，就像看着自己已经远逝的一段难以忘却的时光。咖啡吧浅棕色的光落在她的脸上，使她眼睛里好像蒙上了一层语义丰富的情绪，她想把那时光停留下来，好让自己喘一口气。

许光明想我有什么好的，现在牛的是你呀。这女同学的房产公司是她自己家族的企业，她舅舅是当地的著名商人。读大学时也看不出她有多少经商的头脑，但如今这些年下来，她好像是一朵花长开了，利落、精明而善解人意，生意做得风生水起，面容也因成功和自信而有了光芒。只是情感生活一直不顺，结过一次婚，早早地离了，至今单身一人。

宝珠问许光明，要不要喝点黑方，你怎么老不说话，都是我一个人在说。

光明说，不喝啦，我在听呢。

宝珠说，你读书的时候那么滔滔不绝，你真的变了很多。

光明说，我是变了很多，人是会变的。

宝珠伸手过来，抚了一下他的手背，好像在安慰。她说，但其实人是变不了的，许光明，你知道我为什么喜欢你吗？

光明就觉得头皮有些热了，他支吾着，抬头看了一眼宝珠，他看见了她眼里娇羞的幽光，他摇头说，都已经是老头子了。

宝珠说，干净，清清淡淡的干净，我自己在失去这些东西，我身边这个生意场哪有这些东西，所以就喜欢它，就像让我看到了我的过去。

光明都想哭了，我有什么好的，干净到女儿的学费都让我心烦意乱。

他故意笑起来，说，你是说我是出土文物吧。

宝珠轻拍了一下他的脸颊，她说，哪里哪里，有时候你啥也不干，就在身边待着，都会让我有安静下来的感觉。

也可能这话让她自己都觉得有点酸了，于是她赶紧装生气说，当然，有时候我看着你也会有恨的感觉，凭什么你可以这样，而我需要去拼。

光明说，你是干大事的。

宝珠说，我一直觉得你才是干大事的呢，我进大学第一天就认为你是干大事的。

宝珠说完这话，意识到它可能刺痛了许光明，赶紧说，我宁愿不要干大事，凭什么要我为家族里的那些人，为公司里的员工包括他们家庭的生活负责，我是女的，我要的是自己活得开心。

许光明说，与我们比，你不知要开心多少倍呢。

宝珠突然就泪流下来，她的果敢也像纸一样脆弱。她说，你是这么看的？你知道吗，这么做下去，我心里越来越焦躁，我静不下来了，这感觉你知道吗？

她像个小女孩一样软弱成一团了，许光明只好伸手去拍老同学的肩膀，说，知道知道，我知道。

宝珠突然把头靠在了他的肩上，说，谁让你是老同学，老同学该安慰我的。

许光明的坐姿有些僵，他说，安慰安慰，当然安慰。

突然他的手机响了一下，他说，哦，不好意思，我女儿要和我视频聊天了，她今晚怎么了，6点半的时候刚聊过呢。

宝珠立马闪开，她说，你聊吧。

她把身体往左边拗得远远的，以免进入镜头。

贝贝，你怎么还没睡觉啊？

爸爸，你这是在哪儿？

我在外面和人谈工程项目。你有什么事啊？

爸爸，我想起来了，今天是你的生日呢，我刚才忘记祝贺了。

噢，爸爸都忘记了。爸爸是大人了，哪还过生日啊。你赶紧睡吧。

好，那你给自己做碗面条吃吧。

好好好。哦，对了，爸爸有件事忘记和你讲了，方园舅舅想让你有空的时候跟朵儿表妹QQ聊聊学习的情况，方园舅舅说他们还没想好明年要不要送朵儿出来留学，你和她聊聊，让她觉得留学也没什么可怕的。

好呀，我有她的QQ的。

许光明结束视频时，宝珠已调整回干练、爽利的模样。她又与他聊起了那个暂且被叫作"麦田郡南"的新项目。10分钟后，一碗意面和一个小蛋糕，被服务生端到了许光明的面前。宝珠说，寿星生日快乐！

许光明一愣。宝珠笑道，刚才你女儿不是说今天是你的生日吗，我点的，只可惜咖啡馆没面条，只有意面，就当作面条吧。

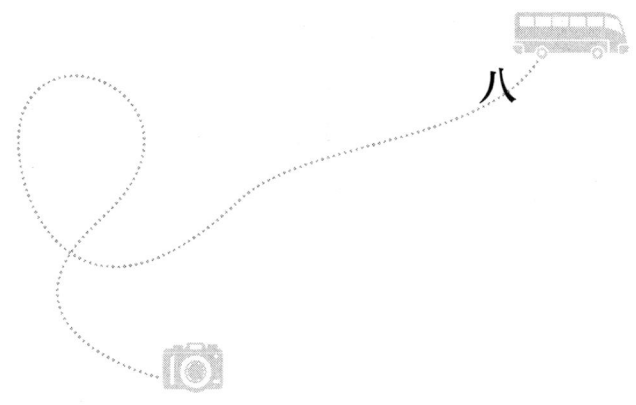

八

星期六上午,海萍送女儿朵儿去数学老师家补课。数学老师家住城北金桂小区。朵儿走进那个单元楼后,海萍就坐在楼下的台阶上向上张望。

她看见女儿小小的背影走过一楼、二楼的走廊拐角,到三楼的时候只能看到她穿校服的上半个侧身,到四楼的时候,只看到一只小辫子在晃动,然后不见了,她就听到了五楼的门铃声。女儿进老师家门了。

接着她就看见别的一个个背书包的小孩也来了,进了那个单元门。海萍坐在台阶上等,她想象着女儿和别的十几位初中生坐在老师家窄小的客厅里。小女孩要在那里坐两个钟头,坐到10点钟,做完两张试卷才能下来,然后另一批孩子背着书包轮换上场，老师开始另一轮补习。

海萍准备在这里坐等两小时，因为也没有哪儿让她有心思去走走。她的身旁是一排桂花树，左手边是小区的围栏，外面就是车水马龙的大街了。

从前年初一开始，每个周六上午，海萍都用自行车带女儿来这里补课。补课的就是朵儿自己学校的老师。

对这个问题，海萍是现实的，与其请别的老师当家教，还不如请朵儿学校的任课老师，他们起码更了解自己学生的学习情况。只要任课老师愿意，并且能够给他班上的学生补课。好在他们好像也没有什么不愿意和不能够的，因为许多人都是这样做的。

虽说以前不能够，现在也不允许，但如今好像也没有什么是不能进行的了。一方面是因为那些民办初中没有哪个不在双休日集体补课的；另一方面，公办初中虽被教委明令禁止集体补课，但中考难度对公办和民办的学生是一视同仁的，所以公办学校只好对家长们说：民办的都在补，我们没办法搞，希望家长们自己在外面找人给孩子补。

那么由谁来补呢？家长们像无头苍蝇，到处打听哪儿有好老师。于是就有了公办老师悄悄在外面给孩子补课的情况。因为家长有这个刚性需要，而公办学校和任课老师也有让学生考好的压力和硬杠杠，所以学校的心态自然是复杂的。

补课当然是要收费的，每节课100元至200元不等，一次两节课。对此，海萍觉得是应该的。老师都花了力气，双休日四个上下午，一拨拨学生轮番前往，这活可不是轻松的。赚这点钱也是不容易的。海萍对他们充满了同情，甚至觉得这也算是可敬和崇高的。有一天语文老师电话过来问朵儿要不要补，海萍都不好意思拒绝了。

于是对小女孩朵儿来说，双休日的安排如下：周六上午数学，下午科学，周日上午英语，下午空缺，因为朵儿需要做学校布置的双休日家庭作业。

结果等语文老师来电话时，朵儿实在不好意思了，她说，我报满了。她还为这事难过了好几天。因为她喜欢这位语文老师，觉得他有经验。后来，海萍还是让朵儿去了。这样朵儿的双休日就只剩下两个晚上，留给她做作业。

上午9点30分，小区的花园里静悄悄的。下一轮补课的孩子有几个已经在楼下等着了。他们背着书包，相互悄悄地打闹一下，明媚秋阳下，脸上带着天真的神色。有一位大妈在桂树旁晒棉被，海萍看她晾不到那根栏杆，就过去帮了一把。那大妈说，小孩在补课吧？

海萍说，是啊，你知道？

她说，我们都知道，小区里的人都知道，有人给他算了算，一年下来，也不好说了，有二三十万吧。

海萍听了不太舒服，因为她喜欢那个实在、厚道的数学老师，并且觉得他很辛苦。她对大妈说，我没算过。

海萍确实没算这些。只是听女儿说，来参加补课的学生越来越多,客厅里都坐不下了,有一拨坐到卧室里去了。

海萍有点担心的是学生多了,效果不太好。但她也理解别的学生家长的心思,就是担心老师有什么东西不在课堂里上了,而放到家里来上,不去补怕漏了解题绝活。

海萍坐在桂花树前,她想着女儿在楼上做题。栏杆外,是汽车行驶的大街,有一辆车在栏杆外边倒车,汽油味让海萍捂了下鼻子。阳光落在身边那些桂花树上,金桂正在绽放,在污染的空气中闻到了桂香,这也是人生的纠结之一吧。

她想着女儿,等着她的小脸从单元门里出来。每次那小脸从门洞的阴影中闪现的时候,虽可能木讷讷的(在那个小空间坐两小时哪怕啥都不干都会腰酸背痛,更何况还要动脑筋算那些数字,又怎会不木讷呢),但她是她最疼爱的。她也想不出能弄些什么好吃的给宝贝,能弄些什么好玩的让她开心点。她觉得很抱歉。她坐在台阶上发愣,一队蚂蚁在前面爬。她想起自己小时候来到叔父家以后也是一路考啊考,一代代的少年像一只小猪在作业堆里拱啊拱,好像与题海宿命般地过不去了。她觉得眼睛里有水,她想人这一路走过来好像没有哪个阶段轻松过。

每一个双休日她都在各位老师的门外这样等待着女儿。

因为不上班,所以在感觉上自己与孩子是待在一起的,虽然楼上楼下隔了那片苦恼的题海。这是初中生家长与孩子的休息日。

今天海萍在秋日的阳光下胡思乱想的时候，还想到了留学和表姐林红、楼上吴佳妮、琴琴的脸。

留学。留学。她知道方园的妹妹方芳在美国定居，自己的哥哥即叔父的亲生儿子潘天浩已移民澳大利亚。他们像两条路，在这个秋阳灿烂的上午，带来一丝关于远方的盼头。这就像在污染的空气中闻到桂香，在飘移不定中给你一点安详。

海萍更多的希望在于方芳，倒不是因为自己的哥哥可能力所不及，而是因为海萍对叔父一家已有无法回报的感恩，自己从小就走入这个并不富裕的家庭，他们给了她不同的命运，而如今自己的女儿如果再辛苦他的下一辈，这一生可能都有宿命般的纠结。是啊，凭什么需得到他人这样的付出呢？

海萍和方园的妹妹方芳其实不太熟悉，方芳十年前随老公去了美国，开始是陪读，后面就做了家庭主妇。印象中，方芳是一个开朗的、利落的女孩，出国之前在一家媒体当记者。海萍觉得这事方芳可能搞得定。

九

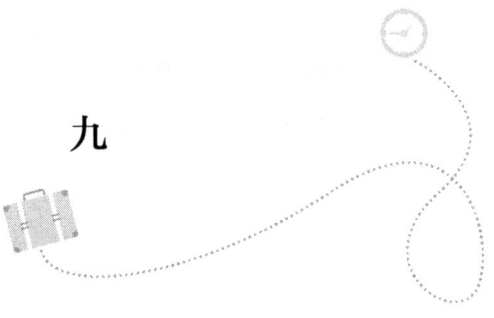

海萍送小孩去补课的时候,方园正往自己的爸妈家赶。爸妈是退休老师,他们住在城西的一个小区。

每周六上午,方园都雷打不动地去探望他们。城市太大,方园一周去一次。有时周六有别的事情,不能去了,方园心里就像被搁了什么。爸爸的身体已经很不好了。方园知道父母在盼着他。当然,当他坐进那个窗帘低垂的家里,听着他们唠叨也会常常心烦。

今天方园骑着车到了小区,经过小区花园的时候,他停下来看了看,没看见爸爸坐在凉亭里。爸爸每个周六早上都会到这里来坐坐,其实方园知道他在等自己。每次他看见方园骑过来的时候,就站起来,然后又坐下来,他手上拿着一份报纸,待会儿他要和儿子抨击他刚从报上看来的事儿。方园推着车他就跟在身边走,他笑眯眯的,总在自言自语,他越来越瘦,走路有点跳,从后面看过去,可能就是蹒跚。

所以每次方园有事没去父母家的时候,想到老爸在那儿等,他心里就会不好过。

今天方园在花园里没看到爸爸,他就有些担心。回家推开门,果然看到爸爸坐在床上。

方园问,爸爸怎么了?

妈妈说,感冒了,已经三天了,烧昨天退了。

方园说,怎么不告诉我?

妈妈说,怕你担心,所以没说,如果再不好,就告诉你。

爸爸在里间床上说,方园回来了,囡囡来了没有?

方园每次回去,爸爸总问囡囡怎么没来。所以方园知道爸爸在凉亭那边除了等自己之外,其实还在等孙女朵儿。

对朵儿在补课常常不能来这一点,方园无能为力。今天方园又对床上的爸爸说,朵儿在补课,要中考了,也只有双休日可利用。

爸爸以前是中学老师,当然懂。可是今天生病的爸爸,像个要糖吃的小孩一样,说,你带来让我看一眼吧。

方园就有些难过,因为老爸的表情好像在说:我今天生病了,你就让我看看孙女。

方园说,每节课要交一百块钱呢,两节课是两百块钱,钱都交了,不去上,不退的。

爸爸像被刺了一下,说,哦,那就不要来了,两百块钱呢。

妈妈拿着个橘子进来给方园,说,这么贵啊。爸妈的表情是他们那时候给学生补课都不收钱的,现在真的不一样了。

而妈妈嘴里却说,如果需要,就是四百块钱也得去补啊,只要现在补得进去,就是值得的,过了这个时间段,想补也来不及了。

爸爸说,是啊,是啊,考试少一分都不行,所以囡囡补课,还是不要来这里了。

方园问爸爸要吃点什么,自己去买。方园想,刚才来的时候,应该给他买点什么的。

爸爸说,不要。

方园还是骑车出去,买了一只西瓜、一条鳜鱼和几只湖蟹。

方园在厨房里煮鳜鱼汤,汤滚后,他把湖蟹斩开,丢下去,再放了一些金针菇。热乎乎的汤,爸爸喝下去出点汗会好些。

在煮汤的间隙,方园和妈妈说起目前朵儿的学习情况。方园说如果按这次期中考试的排名,考重高有风险。

爸爸的耳朵挺好,他在里面一直在听,不时插一句过来,他说,主要是数学和科学,拉分大,一定要稳住。

方园说,如果考不上重高,就很麻烦。

妈妈说,这我知道,你还记得张敬老师吗,她孙女去年没考上重高,结果去了外地小镇读中学,今年又转到加拿大去留学了。

爸爸在里面说，囡囡不会差的，不要急。

方园说，路想想好像有好几条，但其实也有限，考不上重高的话，剩下的就是普高、职高，或者交赞助费择校去外地小城镇读重点中学，或者去民办高中的各类剑桥合作班准备出国，后两者交的钱不比国外的高中学费低多少，当然不算在外国的生活费。

方园说，我让妹妹也去打听一下，看去她那里读高中可不可能。

爸爸突然走出来了，他穿着薄棉衣，颤巍巍的，他说，这是个好主意，让方芳看看美国那里的情况，也好多个准备。

妈妈赶紧过去想扶他回床上，但他不肯。他一定要参与这样的话题。老人脸红得有些兴奋，他说，方芳的女儿米娜与朵儿差不多年纪，两个小孩在一起，一定好的，学英语也快。

他想着下一代在一起的场面，好像病都好了。

鱼汤在厨房里蒸腾着热气，方园和爸妈脸上都有了兴冲冲的光泽。妈妈说，有方芳照顾，朵儿去外国读书我们就会放心，这样的条件人家未必都有。

方园说，照顾是一方面，我打听过了，如果住在亲戚家，学费省一半左右，这样去美国读私立高中就有可能了，否则我们读不起。

爸爸说，住在方芳家，方芳一定会很高兴的，两个小女孩在一起，也有个伴，长大了以后，在异国他乡也有个帮扶。

方园想的是如何让留学成为可能，爸爸想的是下一代聚在一起。妈妈想的是，方芳这点付出是应该的，出国这么十几年，家里这边她也没照顾上，当然他们也没要她照顾，都是方园在这里张罗，所以眼下方园的这点忙，方芳应该是好说的，更何况万一朵儿考不上重高，这是救急啊，小孩子的学业决定她今后的生活，这是一家人的大事情。

方园说，我前几天在邮件里对方芳提起过这事，她回信说她会去她家周围的学校看看的。

这一天，在窗帘低垂的方园爸妈家中，似有一道兴奋的光晕在浮动，它无形无影，但就像那飘香的鳜鱼汤，清晰可感，温柔到心，因为它让他们觉得自己也有了办法。窗外一切都在飞旋，甚至让人觉得自己赶不上趟，然而当小人物们想着自己也有办法时，心里就会安放下来，甚至偷着乐了。他们围坐在圆桌边喝鱼汤，妈妈爸爸说他们也会对方芳说的，让女儿帮这个忙。

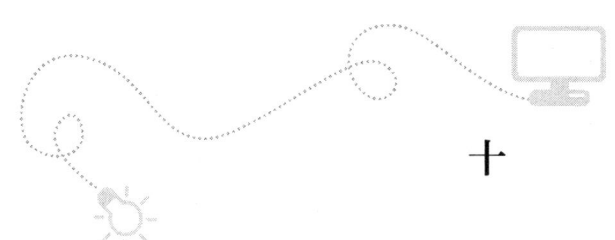

十

第二天半夜，方园家的电话铃响了。方园最怕深更半夜打来电话的是他爸妈。因为他担心老人生病。有时候他做梦都听到了电话铃在响。

而今晚电话铃真的在响。他连滚带爬地去拿话筒，那头爸爸在说，我睡不着，我有事要和你讲。

方园听出他们没生病，就有些不高兴，他压低嗓子说，什么事，朵儿在睡觉呢。

爸爸好像这才想起朵儿海萍她们还在睡。他压低声音说，哦，是我心急，觉得不马上说不行。

方园心里涌起一团乱麻，日光灯惨白的光照耀四壁，他听到了灯管在咝咝鸣响。

爸爸说，我不想让囡囡去留学了，我和你妈商量来商量去，想明白了，一个小姑娘，我们又不指望她干成啥大事，在这里过过日子，以后找个好对象，结婚过生活，实实惠惠的，很好了，犯不着这么小离乡背井去受这个苦。

方园说，我知道了，明天我回家再说吧。

爸爸怕方园搁电话，紧盯着强调：我不同意囡囡留学。

方园嗯了一声，搁了电话。

他完全料想得到爸妈这样翻来覆去的。也许明天他们的想法又会改变的。他们总是这样，一个主意往往像万能胶粘身把自己折磨够了才能定夺。但今天方园突然想到，方芳那边还没回音，是不是因为方芳那边的态度让爸妈改了主意，才借这个说法劝他算了。

当然方园立马推翻了这个猜测，因为方芳从小和他感情深厚，她不会这样绕圈子的。

海萍从主卧室出来上卫生间，她睡眼蒙眬地问，什么事？方园说，没什么。海萍就没多问了。这些天海萍隐约感觉到方园在通过方芳打探留学之路，她没多问，因为这是他家的事，更何况是需要劳驾他妹妹的事，自己没有太多理由要求他妹妹非要做到什么，但她心里是高兴的，这不仅是因为她有个盼头，更因为她知道方园在悄悄往那个方向行动。

而方园也没和海萍直接谈这事，主要是怕她期望太高，万一办不成反而不好。

关了客厅的灯,方园回到小卧室的床上。他想着明天还要早起送朵儿上学,就想赶紧睡着。黑暗浮起之际思维依稀,他好像在对隔壁的母女轻语:爸爸会让宝宝去一个好地方。

他好像对着万水千山之隔的妹妹方芳说,你那儿是早晨吧,哥哥就这一个宝宝……

十一

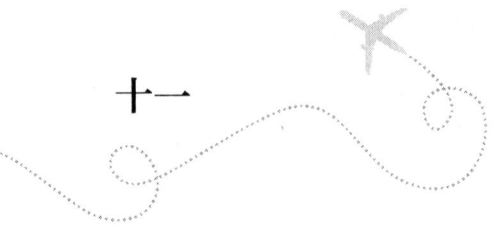

第二天下午，方园向单位领导请了个假。他骑着自行车，从城东穿过整个城市，去城西爸妈家。风吹着秋天的细雨，梧桐树叶在飞落，一片片落在水光粼粼的街道上，像斑斓炫目的印象画，一路铺展到远方，方园突然觉得这样子很美。

街边今年的糖炒栗子已经登场，那焦香气息是方园从小就熟悉的。那时候爸爸在外地中学工作，他、妹妹和妈妈住在照相馆的楼上，隔壁水果店每到秋冬都在炒栗子，楼道里和家里的每一个角落都是这暖暖的焦香，这甚至成了记忆里家的味道。

他从每一个街区的糖炒栗子的气息中穿过，此刻的心烦意乱有所缓解。

他推开家门，爸爸妈妈正坐在沙发上发愣，他们对他说，他们想了一天一夜了，小囡囡没必要去外国。

方园问，这也是方芳的意思吗？

妈妈说，方芳可没这么说，她答应去家周围的学校看看，但还没回音。

爸爸像个多愁善感的小孩，一万个不同意留学。他说，你就这么一个小囡囡……

妈妈说，你爸爸的意思是，你就这么个女儿，好不容易养大，放出去，以后你身边就没子女了，我们心疼的是你，过早独立的小孩以后和父母情感是不深的，我们心疼的是你，我们老了还有你在身边，而你呢……

爸爸说，留学要花这么多钱，你现在把钱都花在这上面，不留下一点，以后你们养老怎么办，人老得是很快的。

窗帘低垂的屋子里，是纠结缠绕的情绪。方园纳闷他们为什么喜欢把家里的光线搞得这么暗，他啪地打开了客厅大灯的开关。

大灯闪亮的那一瞬间，爸爸好像吓了一跳。老人定了定神，说，我们这边连同你自己有3套房，够她以后生活了，她只要考个一般的大学，找个工作……

方园来之前就提醒自己千万不要争吵，但他此刻有点忍不住，他说，你以为啊，今年有多少大学毕业生找不到工作，读个一般的大学说得这么容易，3套房子怎么了？人家13套房子的都在睡不着觉，你们没听说要收房产税遗产税了，你们想乐惠，这一辈子你看见谁真的乐惠了?

方园觉得自己在往极端里说,两位老人被说愣了的神情使他有发泄般的快感。他说,找工作,你没关系,她找什么工作;你没东西和别人换,她找什么工作,即使找着了,一个干干净净的女孩想干干净净地做一份事,又怎么混得过那些不简单的人……

方园说不下去了,爸爸的神情让他知道老人想起那些报纸上的社会新闻了。爸妈从来不是乐天派,他们和这小区里爱在花园里晒太阳的多数老人一样,喜欢抱怨,总说他们这一辈子过得像做梦一样,不知道相信什么,很多东西要问答案找不到人,特别是以前教给他们这个那个答案的人。

所以方园的言语,让他们立马也有了共鸣。也因这点点泛起的共鸣和忧愁,让他们似乎恍悟方园愿意牺牲自己天伦之乐总归有他的道理,他们因同情而立马更信了这道理,并因为对儿子深深的难过而投奔过去。

妈妈说,不要急,不要急。

爸爸说,也是的,要不然怎么有钱的没钱的都在让子女出去。

他们这么快就转过弯来,这又让方园恍惚起来。他感觉自己好像在这屋子里梦游,甚至有那么一会儿他不知道自己刚才对他们到底说了什么。他想,说真的,我劝他们那么决然,但我对出国留学这事儿真的这么决然吗?

所以,方园有好一会儿没缓过神来,心在奇怪地跳着。

他听见两位老人在说,要不,我们先去美国看一看,到方芳家去看看,打探一下她那边的学校。

方园觉得这是个好主意,本来方芳在那边定居了那么多年,两位老人早该去探亲了。

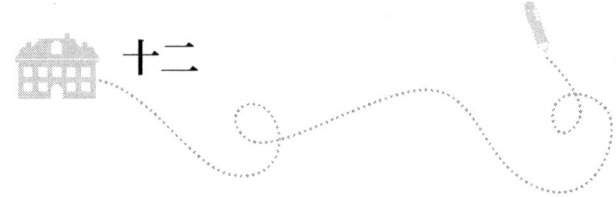

十二

方芳从美国打来长途电话,告诉爸妈:欢迎来美国。

方园爸妈去公安局办护照。拍了照片,填了表格,将材料送进去,被告知护照一个月以后可拿。

美国那边,方芳将父母申请探亲签证的材料寄出。

方园托在市公安局工作的老同学帮忙,办理护照加急手续,一个星期后爸妈就拿到了护照。

接下来,就去中信银行交了每人九百多块钱的签证费,还买了专门的电话卡,开始往美国上海领事馆打电话预约面签时间。

两位老人坐在家里窗边的电话机旁拨电话。

这个电话好像很难打。打进去,问可以安排哪天。那边回答,到下个月20日之前所有的日子都预约满了,而20日以后的,你们明天再打来问问看。

结果第二天一早方园妈妈打过去,那边说,20日至23日的已约满了,你明天再打来问问以后还有哪天的。

一连几天,只要打进去,那边就说约满了,要求明天再打过来约,因为现在不知道后面一天的情况,所以只能明天再打。

方园爸妈的感觉是,这像极了当年困难时期去肉店买肉,大清早队伍排得老长,人人都踮着脚在向前张望,然而店门一开,肉立马就被抢光了,后面排着的人压根儿就是白搭。

不同于排队买肉买不到肉是不花钱的,这打电话排队每分钟收费却是超贵的,只要电话打进去,卡里的钱就唰唰地没了。那边告诉你明天再打,告诉你明天早点打,告诉你他也不知道明天约不约得到下个月底或者下下个月初的随便哪天,只能明天再打来问问看……这些字眼每一个都是需要钱的,在方园妈妈耳朵里,每一天他们都在刷走电话卡里的钱。没了没了,满了满了,再打来,再打来,再约,再约……

电话卡里的100元,很快就没了。

方园妈妈又去中信银行买卡。她这么节省的人,打着打着,就不顾一切了,因为她感觉四面八方无数个人都在和她抢着往那个她无法想象的部门里打电话,就看谁跑到最前面,抢在别人之前对电话那头的人说第一句话。

现在每天早上8点钟,她就开始拨电话。她想,要是再早的话他们还没办公吧。她不去早锻炼了。她觉得这打电话可比早上快步走更像快步走,因为心里怦怦直跳。

有一天方园回到家，看见两位老人在打电话，他们心疼钱的样子让方园对电话那头很愤怒。

他夺过电话筒，对那头说，你们这样子，卡里的钱都快没了，老人家的钱不容易，你们知不知道？

那头一定见多了这样的事，很职业地回答，人多没办法。

最后，终于约到了12月9日下午。方园爸妈松了一口气，他们说，那里可能真是天堂，去一趟真不容易。

在方园爸妈打电话约签证的这段日子里，方芳常来电话，但没详细说她家附近有哪些学校。方园在邮件里问了几次，方芳说，美国和国内不一样，学校都是很远的，开车出去都要一两个小时，也只有星期天让老公开车带自己去看。

方园说，那你已经看过的情况怎么样？

方芳说，去看了几所，一下子也判断不清，这边高中和国内的高中概念不一样，没有说哪所高考率如何高的，再说我这边周围还真的没什么朋友的小孩去读那样的私立学校，我又常待在家里，以前也没关心这方面的事，可能情况还真的不如中国国内的留学中介了解得多，你也可以同时去国内中介那边了解了解。

不过方芳表态，我一定会帮忙的。

对此方园是理解的。他说，你以后去那些学校时，拍几张照片传过来让我看看。

方芳传回来了一些照片，也传回来了一些学校招生的表格，学费大多五六万美元一年。方园费劲地看着英文。周六回爸妈家时，说一点给他们听听。

接下来的周六，方园一进家门，爸妈就对他说，方芳来过电话，她的意见是关于朵儿留学这件事你们要慎重。

方芳说这样的女生到美国，她见过许多，花了爸妈很多钱，读的学校和专业一般，毕业找不到工作、找不到男朋友的挺多，青春期不在爸妈身边，美国文化与中国不一样，到时候两边都不沾，所以是有风险的。她说她能管管的只是小孩的吃喝，但如果把成长问题都丢给她，她觉得自己也有可能没把握。所以，这么小就出来不是时候。

方园知道，其实凭良心说，方芳讲得也没错，但不知为什么自己和爸妈此刻站在这屋子里，情绪和大洋彼岸的她有点对接不了。妈妈说，管都没开始管怎么就管不了了？爸爸说，找对象还早着呢，囡囡才多大，你怎么就知道她到时在那边就找不到对象了？

方园的不爽在于：来找你是因为我们这里有问题，你那边也有问题这是一定的，但你得先了解我们这里的困境，再想办法看能不能解决那边的问题。那边的问题是价值观问题，而这边是生存问题，迫在眉睫的问题。他有些极端地想。他感觉自己的情绪在飞速地奔进一条巷子，他知道这不太好，但他无法遏制自己开始的跑动。

接下来，屋檐下的三个人没多说方芳和留学这件事。反正爸妈也快去那边探亲了，亲眼去看看再说吧。

妈妈给方园看她刚从超市里买来的笋干、梅干、果脯，以及棉布被单、床罩等，说是带去美国给方芳的。

方园去厨房收拾一条鱼。他们没再多说什么，但空气里好像有了点奇怪的东西。

十三

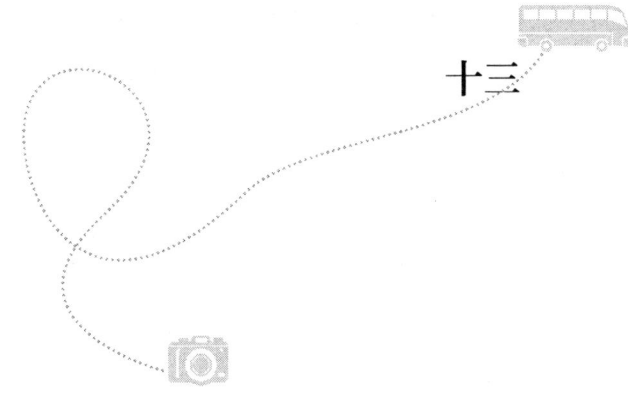

在方园略有心事的日子里，表姐林红又来找他，想让他国庆长假陪自己去趟福建泉州。

方园没出门的心情，更何况这又不是什么休闲之旅。他对表姐说，你就别去宣示主权啦，据我所知，他没事，没事。

林红脸上有神经质的苦笑，她说，弟，你相信我作为女人的直觉吧，我这么来求你，一定是有原因的。

表姐这么说，好像不好拒绝了。

但方园还不死心，他说，那么，为什么要找我呢，找个伶牙俐齿的姐妹去助威不是更好？或者就让海萍陪你去吧。

表姐说，你是他俩的师弟，又是我的表弟，你跟我一起去感觉会不一样，因为这事很微妙，既忌她，又得感谢她给了他也就是给了我们家20万的年薪，所以不能轻易扯破面皮的，甚至不能轻易让猜疑、争端摆上桌面。

林红说这几句话，每一个字都仿佛艰难，因为涉及无法控制的自尊，以及情绪的两难。这让方园同情，也让他觉得表姐还真的是个聪明的女人。

长假第一天，方园在火车站广场与表姐会合，两人坐高铁去福建。

方园帮林红提起那只长长的旅行箱，往台阶上走。他说，哟，你装了什么东西，这么重？

林红说，没什么，一些生活用品。

方园回头笑道，这是去宣示主权，可不会是国旗吧？

林红笑了一下，说，还真的是国旗。

一路飞驰，各想各的心事，表姐林红想象着那个女人，想象着可能出现的各种彪悍场面，它们在想象中超出了一个书卷气女医生的操持范围，这让她惶恐生气害怕，想得气冲上头来时，就差点下车打道回府，拉倒，不要那个男人算了。而方园在想着妹妹方芳，他隐约有不好的感觉，他想人可能是会变的，哪怕是亲人，这不，要不然坐在身边的这焦虑的女人也不至于草木皆兵到这种程度。

车到泉州高铁站已是下午。他们看到许光明站在接站口向他俩招手。方园一眼看过去，差点也像林红那样过敏了，因为光明微皱着眉头站在人堆里，对他们的到来好像并不十分高兴。

有一圈灰暗的光晕仿佛笼罩在他的周围,走近了,就消失了,因为他笑着来拉行李箱。他对林红说,什么东西呀,这么重,没把整个家搬来吧?

林红瞅着他笑,说,就是把家搬来了,不走了。

许光明把他们接到房产公司旁边的银河宾馆。办入住手续时,林红对许光明说,我住你的宿舍好了,方园住这儿,我们俩老夫老妻的,没必要住宾馆了。

许光明说,宿舍很小,只有单人床,还很乱。

在方园回转的视线里,林红像是冷笑道,谁让我是你老婆,老婆就是给你整理房间的呀。

方园心里在笑,主权宣示战还没开场,就有火药味了。

结果方园住"银河",林红拉着行李箱去许光明的宿舍。

晚餐在银河宾馆的"宝瑞阁"。一边吃,许光明一边告诉林红方园这两天的安排,逛街、逛景点,等等。方园知道林红等待的节目可不是这个。于是方园说,宝珠呢?我可得见见宝珠,是我师姐呀,现在她生意做得这么大,得见见,让她请客。

林红方园都注意到了许光明的脸一瞬间红到了脖子。方园想,就冲这他还挺纯的。而林红心里的不爽就冲到了嘴里,她说,是啊,我家的恩主啊,我可得谢谢她,我们贝贝在外国留学全靠她支持。

在方园眼里许光明有些支吾,他说,长假期间人家可能有自己的安排吧,我待会儿打电话问问,哎,你们吃这个蟹煲啊。

林红说饱了，想去他的办公室看看。许光明说，办公室有什么好看的，人家方园可没兴趣，我还是带你们逛街吧。

方园看林红的脸色赶紧说，去办公室看看先，我们是来看你的，当然得先去看看你的工作环境。

许光明犀利地看了一眼方园，他嘴角有些许搞怪的笑意，他说，好吧，你们那么感兴趣这20万年薪是怎么赚的，那么我们就去看看吧。

三人走到了公司的楼下，林红突然说，刚才的那只拉杆箱里还有些东西需要拿过来。许光明微皱着眉说，什么东西？林红没回答，说，得拿呀。好在宿舍就在公司楼的后面。她一会儿就提着它们过来了，原来是一大堆镜框，难怪那么重。

方园心想，林红难道想走温情路线，软化一颗离家的心？他嘴上就说出来了，姐，你可真小资，原来要帮他装饰办公室。

这边许光明打开了办公室的门。这办公室和方园原先想象的几乎一样，棕褐色的书柜、办公桌、椅子、黑皮沙发，墙角有几盆绿色植物，办公桌上摆着一只玻璃楼宇模型。

林红已把镜框堆放在地上了，两只大镜框，三组小镜框，许光明林红许贝贝三人的各种合影被装在镜框里。

她站在房子中央，在观察四边的墙，看把它们挂在哪儿好。

方园想，靠，还真把家搬来了。

那边许光明就叫起来，哎哟，你想干什么，男人办公室里哪有挂这个的？哎哟，这也太女性化太自恋了吧。

林红站在日光灯下，犀利而美好地笑着，她答非所问地说，都挂上好了，方园你看都挂上吧，全挂上。

许光明就像牙痛一样捂着腮帮子，说，哎哟，你还想把它们全都挂上？

林红依然答非所问，她说，我们的样子不配挂在这里吗？你看看，你多漂亮的女儿，还有，我这样子不行吗？

她像小姑娘一样在房间里转了个圈，捧着自己的脸，想在房间里找镜子，没镜子，她找到了书柜上的玻璃门，她指着她的影子，指着暂时搁在地上的照片中的自己，说，我不好看吗，挂在这里丢脸了吗？

方园差点要笑疯了。许光明面对这胡搅蛮缠的老婆，对着方园哈哈大笑起来。

于是，开工挂镜框。方园发现林红把小榔头和钉子都装在一只小袋子里从老家带来了。方园往墙上敲钉子，许光明举镜框往墙上挂，林红站在远处看是不是摆平了。

五个镜框挂满四面墙，顿时办公室里气场大变。许光明林红许贝贝在四壁上目光柔和地注视着这个空间，注视着书柜、办公桌、桌上的茶杯、电话机……许光明看着它们发愣，而林红脸上是想笑又想哭的表情。

许光明回头问方园，同事会不会觉得有点搞笑，全是自己家的照片，是不是太娘们了？

方园心想确实是怪怪的，但嘴上说，挺好的，姐的一片心吗，让你想着她们。

这话让林红满意，她像个小姑娘似的在房间中央转了几圈，她有点语无伦次了,她说,现在还有个家让你恋,你一不恋家,哪还有家,我们的家在三个地方,只有在墙上才是一个家……

许光明感觉心里好像有热水在流,他抱住林红的肩,亲了一下她的额头,说,好吧,好吧,那就挂上吧,统统挂上吧。

正说着,有人探进头来,说,怎么了?

三个人回头,是一个戴着酷黑眼镜框的女人,穿着深蓝色的套装,化着淡妆。

许光明说,啊,你怎么在这儿?

方园说,是宝珠师姐吧?

宝珠说,嘿,是方园啊,你们来了?

宝珠仪态万千地过来握方园的手,她的眼睛看着林红说,这是林红吧。

林红差点软得想坐在地上。她听到了自己的心跳。她看见墙上照片里的自己和家人在打量这屋子中间的人。她一时恍惚不知身在哪里。她觉得这一招简直又土又愣,像被人直窥去了心机。她注意到了伸向自己的那只细长的手腕上戴着卡地亚的手镯。林红不知自己说了句什么,然后她听见自己在问,休息日你还来单位?

宝珠因为个子比林红高得多,所以林红感觉她瞟着自己说,刚才电视台朋友打电话过来,说他们台长假期间临时安排了一档《休闲看房》特别节目,等一下他们记者就过来做个采访,刚才我正准备给许光明打电话让他过来赶紧搞个提纲,没想到你们正好在这里。

许光明说，他们刚来，我想陪他们去逛一下街。

宝珠饶有兴致地看着墙上的照片，她说，不错，不错。方园感觉这哪是当年倒追许光明的"黑玫瑰"师姐啊，简直是撒切尔夫人。

宝珠绕墙浏览一圈，回头笑着，对林红方园轻摇了一下头，说，向你们借一下光明先，等采访完了再还给你们，街就在楼下，你们要不先去逛逛，明天晚上我请你们吃饭。

后来在大街上，林红走着走着好像没了力气，她对方园说，我们不该来，我想回去了。

街灯照耀着她因懊丧而显得泄气的脸，她说，你注意到了吗，她穿的是什么，是香奈儿……

方园说，你又不是来和她比衣服的。

林红像个没自信的女人，她收住脚步问表弟，你看我这个样子是不是很土？我的衣服是不是穿错了？

方园赶紧安慰她，样子很好的，你刚才那一招"照片上墙"，真绝了。

林红尖声说，太土，你不觉得土，我现在觉得土了，很俗气很土。

方园笑道，我们本来就不和她比高端洋气。

方园陪着林红在街边走，他们在心里都想着此时的许光明在做些什么。方园劝林红一定要振作起来，主权宣示才刚开始呢，明晚吃饭的时候才是正面强攻。

　　林红的智商显然在急剧下降,她说,其实她给了我们钱,我是不是该知足了,这年头谁给你钱啊?再说了,这年头除了我和她,谁看得上许光明啊?是不是该知足了,方园,姐想回家了。

　　方园在心里笑,他说,那也得吃了明晚的饭再走,要不会沦为笑话的。

十四

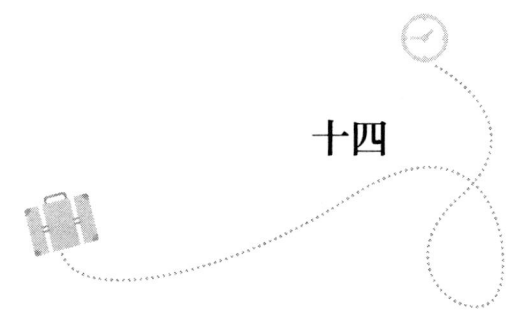

  第二天晚餐在"皇族"大酒店。林红许光明方园6点到那儿的时候，陈宝珠坐在一个超大包厢里等着他们。

  璀璨的水晶灯照着她米色的连衣裙和胸前那串夺目的钻链，她端着一杯绿茶，气定神闲地对他们笑着。

  四人寒暄，宝珠问他们今天去哪儿玩了，问他们接下来还想去哪儿走走，公司里安排一辆车给他们用。她让服务生端上一大盆水灵灵的芒果蜜梨黄桃布林山竹冬枣火龙果，让他们先吃点水果。

  色彩绚丽的果盆在桌上转了一圈。这时方园才注意到林红今天穿了一件银红色的旗袍。昨天她还在为今天穿什么纠结，现在中装上身，不和对面的那位比国际品牌，但瞅着有点像服务员。

方园想笑，女人的PK是不是都需要从外形这个支点上展开？

也许是经过了昨晚和今天的调整，林红现在的神色倒是安然了不少。

冷菜热菜陆续上桌，气氛不热烈也不冷场，许光明有些拘谨，他一会儿说泉州的风光，一会儿说老家的美食，他想在摆放着鲍鱼、龙虾、佛跳墙等佳肴的桌子上，再搭出一块林红与宝珠有兴致交流的台面，但这几乎是不可能完成的任务。她们简洁地附和着，连方园这个外人都感觉有一股潜流在杯碗之间窜动，使热腾腾的菜温降下来，使莫名的局促升起来。当然，这还不是方园所关心的。他睁大眼睛，想帮表姐看看是否有一丝暧昧的痕迹在他们之间互动。宝珠吃得很少，有些端着，有那么一会儿，他感觉到了她像鱼一样在悄悄呼气。

林红端着杯子站起来说，光明，咱俩该谢谢宝珠老板，咱夫妻俩全靠她了，得敬她一杯。

宝珠笑道，咱们是老同学，不带这样说话的。她爽利地把整杯酒喝下，然后说，要说谢，还该谢谢光明，他挺给我灵感的。

宝珠看到光明没喝完杯里的酒。她拍了一下坐在身边的许光明的背，说，光明，把酒杯倒满，代夫人喝一杯。

光明习惯性地逃酒，他说，一整杯，可不行。

林红笑得眼睛都眯起来了，她说，一杯，他哪有这么大的酒量，半杯好了。

宝珠对林红眨了一下眼睛，说，告诉你个秘密，他以前不行，现在被我开发出来了不少。

宝珠用手指敲了一下许光明的肩头，笑道，呵，哪有帮老婆不豁出去的，来来来。

许光明在她们的声音里摇头，他想，她们有病。

方园看她们围着许光明行使权力，就忙说，都别这么客气啦，老同学随意，又不是谈生意需要拼酒。

方园感觉表姐白了自己一眼。但不管如何，方园这话让她俩静下来了。

吃着吃着，突然林红看了一下手表，说，6点30分了，贝贝在墨尔本得和我们视频了，我昨晚和她约好的。

于是她飞快地从包里掏出手机，连上QQ，果然，那头出现了许贝贝。高中生贝贝正瞅着这里，说，你们在吃饭啊？

林红用一只手臂环过老公许光明的头，把他拉到自己身边，说，贝贝，你看我和你爸正在吃饭哪。

贝贝说，这是在哪儿？

林红说，爸爸的老板请客，在很高级的地方。

许光明把头靠向手机屏幕，说，贝贝，你在干什么？

贝贝说，我刚才在洗衣服。

林红把手机朝向宝珠，大声说，贝贝，这是爸爸的领导，宝珠阿姨，你留学全靠她帮忙，快叫阿姨。

贝贝说，阿姨好，谢谢阿姨。

宝珠凑过头去打招呼，贝贝，你好。

林红对着手机说，你看阿姨漂亮不漂亮？

贝贝对自己被当作小孩子很不好意思，嘴里勉强挤出两字：漂亮。

林红说，宝珠阿姨是商界精英，你要学的是她这样的女性。

宝珠叫起来，哟，你妈妈把我夸到云里去了。

许光明伸头对手机说，宝珠阿姨虽是成功人士，但创业可不容易。

林红又将许光明的脖子拉过来，把他的脸贴在自己的脸颊上，很夸张地对贝贝说，今天我们一家团圆了，耶。

许光明觉得众目睽睽之下，她这宣示主权的动作有些别扭，就想挣开一些距离，结果被林红一把拉回来。她说，别动。

方园在心里笑，今晚表姐走宋丹丹谢娜的路子了？

林红说，OMG，感谢高科技，虚拟空间大团圆。

许光明呵呵笑了起来，他对那头的女儿说，虚拟团圆，但心可是每天都团圆的。

林红说，哼，谁知道，宝珠你给我看着他点，他一个人在外地，得有人严加看守。

贝贝在视频里冲着这边笑，她说，妈，你别忘了我也是一看守哦。

这边宝珠也跟着笑了，她掏出手机，打给司机，让他把礼物从车里拿过来。

贝贝在视频里说，你们想我吗？

林红许光明说，想。

贝贝说，那么你们就从手机里爬过来吧。然后她吐了一下舌头,说要去做作业了,就关了视频。

林红把酒杯端起来敬宝珠,解嘲似的说,我们每天都是这样团圆的。

宝珠笑道,真得感谢高科技。

许光明从刚才与女儿聊天的兴奋中回过神来,觉出味来,他对林红明显的心机感觉尴尬,他不好意思地瞥了一眼宝珠,宝珠托着下巴,正饶有兴致地看刚上来的一道做工漂亮的点心。

许光明想岔开话题,他对林红说,这佛跳墙很正宗。

林红可没空吃菜,她像是在对方园说,形式感很重要,每天这么隔空对话,至少像个家的仪式,如果连这都没有了,家的实质就可能更没了,所以,无论是人还是家都是很脆弱的。

方园硬着头皮跟上,说,所以啊,许光明你得随时视频,否则姐会抓狂的,她可不是在意你这个半老头子,而是这个家。

方园想,我这话没说错,也算是实话。他盯着许光明,看他在点头。许光明确实在点头,并且突然对林红叫起来,哎哟,我不是每天都打电话的吗,我每天都打电话的呀,我哪天没给你电话了?

正说着,司机拎着一个GUCCI纸袋进来。宝珠接过来,递给林红说,是一个包,还行的,你就随便用用吧。

林红说自己也准备了一份礼物,可没GUCCI这么高档啊。她从自己的包里拿出一只大大的乐扣盒。她掀开盖,递给宝珠看,说是自己熬的阿胶,放了核桃冰糖黄酒。

宝珠看着阿胶,说,这很花工夫的,我妈妈以前做过。

林红说,是啊,熬起来是花工夫的,好在我有的是工夫。

林红用手指拈了一块,在灯下它晶莹乌黑发亮,她把它递向宝珠的嘴边,说,你尝尝,很Q的。

林红看着宝珠嚼着阿胶在点头,林红笑起来,说,好在我有的是工夫,现在晚上我没啥事可做,除了等他和女儿的电话,就是熬阿胶,熬啊熬啊熬啊,下次来再给你带。

第三天下午,林红和方园坐高铁回家。对于这次宣示主权活动,林红的感觉万分复杂,她一会儿认为自己真他妈的掉价,把自己整得那么土那么心机那么庸俗化,就像一街坊媳妇,一会儿她又认为即使样子可怜、心机外露,那又怎么了,因为本来就是这样子,在这世上,眼下她除了有这个家这个老公这个女儿还有啥呢,求求你宝珠,别拿走他,你已经有很多东西了,而我只有他了,比他好的男人多的是,我只是想留住这个家。

表弟方园觉得这是人生奇怪的经历,他对表姐说,我相信宝珠完全明白你的意思,她生意做得那么大,会不理性吗,否则她怎么做得那么大。

林红抱着那只GUCCI包,说,即使我放心了,我还是纠结,因为凭良心说,她人确实挺好的,贝贝能留学全靠她,她越对我们有恩,我越纠结,不知道你懂不懂我的意思。

于是方园对她叹了一口气,说,千不该万不该这么盲目地送贝贝出去。

哪想到她看了方园一眼说，对这一点我从不后悔，因为贝贝在那边学得很开心。

方园还来不及傻眼，就听见她说，方园，你们也得把朵儿送出去，留学的事越早准备越好。

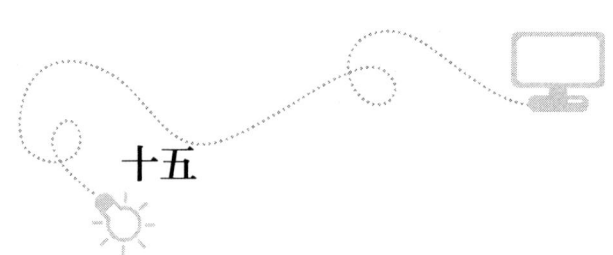

十五

在方园陪表姐去福建宣示"主权"的日子里,海萍正忙着接待大学好友钱丽丽。

钱丽丽从外地过来开会。海萍请她在"蝶芳轩"吃饭。几年没见,当年的系花钱丽丽已变成了雍容端庄的女领导。钱丽丽大学毕业后先去了电视台当记者,后来考了公务员,进了规划局,然后像坐火箭一样,一路提拔,成了当地规划局的副局长。

透过"蝶芳轩"的落地窗,可以看见江湾的波光和船影,两个女人相互夸张地说你没变,真没变,一点都没变。她们瞅着对方怀了好一阵旧,把有点生疏了的感觉拉了回来,然后她们交流自己所知的各位老同学的近况。说着说着,她们仿佛回到了大学宿舍,钱丽丽从包里拿出一瓶DIOR面霜说,挺好用的,你也要保养保养了。海萍的脸红了一下,她说,小孩读中学以后,我就没心思弄这些了,每天围着她转,眼下都快中考了。然后她们就说到了目前的自己。海萍发现丽丽说得比较多的是她正在管的新区规划创意方案,以及她下一步仕途走向的可能性。她说自己这两年比较顺,扶正的可能性比较大,但这年头别人空降的可能性也会有,自己的那个市,女干部有好几个,有两个团干出身的,80后,生猛,比我们这批人要生猛多了。钱丽丽这么坦然地说着这些,让海萍觉得有点太直白。因为印象中升官的事好像都是比较谦虚的。她想,也可能是人走上了那条路途后,心里的紧迫感真的挺大的。

　　海萍自己更多地只能说说女儿和老公,因为她这些年升职情况不太顺,竞聘过所在银行的部门主任,次次都受挫,所以这两年也不去争了,部门里的几个小娘子能喝会说,她也不想说她们闲话,但有一点已经明白了,光会做事也是没用的。当海萍说自己家事的时候,她意识到钱丽丽很少说到她的家。海萍这两年也从别的同学那儿隐约听到些什么。她忍不住问了一句,你老公还在当老师吗?钱丽丽支吾了一下,说,他在深圳。她喝了点红酒,有点上脸了,看上去很妩媚。海萍赞了一声,你真漂亮。钱丽丽捂着脸,笑笑。那一刻,她好像又坐在当年大学宿舍里了,海萍知道她们现在其实隔着好多山和水。钱丽丽说,像我们这样没有背景的人,要有一个发展的平台,有多少人盯着,海萍你不要太老实,情商很重要。海萍说,我知道,但知道了对我也没什么用吧,情商这东西有点玄乎,这可不像我女儿的那些试题,有标准答案，有的人可能一辈子都学不到位，你以为你蛮有情商的，他的考题可不是这个，再说一个领导对你好，下一个可不一定对你有眼缘，所以我只能把我做的做好就行了，否则还真的把握不了，再说即使是同一个领导，他今天喜欢你，明天也不一定，一个人怎么可能永远只喜欢另一个人呢，所以我看着我们单位那些小娘子会觉得她们也挺累的。钱丽丽笑起来，她说，是啊，一个人怎么可能永远只喜欢另一个人呢。她笑得眼圈都红了，眼泪都笑出来了。她好像哭了。这让海萍吓了一跳。

海萍连忙岔开话，说，我的女儿是我的代表作，我只在乎她了。没想到钱丽丽真的在哭。她泪眼蒙眬地瞅着海萍，说这挺好，幸福的小女人哪。她好像为海萍感动了，其实也可能在流自己的泪。虽然她啥都没说，但海萍知道可能是什么触动了她。这年头人心是不能随意触碰的。

海萍装作去洗手间，回来的时候，钱丽丽已经掩饰好了自己，依然是个女领导，含笑地看着她。她们面对面，有一句没一句地聊着。

她们旁边的一桌，四个女人在吃饭。她们的嗓门一个赛过一个，海萍突然发现她们也在讲留学的事。其中一个正在说，如果你的孩子从小就老实、本分、讲规矩，那么他适合出国；如果你的孩子机灵、会混，那么他适合在国内发展。

钱丽丽和海萍相视而笑。海萍问，是不是挺精辟的？钱丽丽含笑点头，这是民间的语言，也算是草根智慧吧。

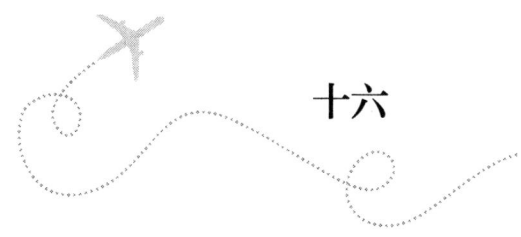

十六

当爸爸方园、妈妈潘海萍忙着大人的事时,初中女生方朵儿的校园生活也遭遇了一个插曲。

坐在朵儿后排的小帅哥、班长李想今天没来上学。开始大家都以为他生病了,但到上午10点钟的时候,班主任孟梅领着李想的爸妈、舅舅、阿姨等一群人冲进了教室。

孟梅老师说,同学们,李想今天没来上学,我们以为他生病了,但其实他没生病。

所有的男生女生都张大了嘴。玻璃窗户上一只苍蝇嗡嗡地在飞,可能它想扑出去,但隔着玻璃,嗡嗡的声音变得超级响。

孟梅老师好像在卖关子似的,眼睛顺着座位一个个地盯过来,她可能想看出知情者脸上的破绽。

李想的家长站在黑板前，焦灼仿佛在他们的头顶上盘旋，成了弥天的气息。孟梅老师说，哪一位同学知道他去哪儿了？

教室里没有一点动静。

李想的妈妈在抹眼泪，孟梅老师指了一下她说，今天我看李想没来学校，以为他病了，打电话给他妈妈，结果妈妈说李想早上6点30分就出了家门，说去上学了。那么他到底去了哪儿，哪一个同学知道？

没有人应答。结果他们就出了教室。

副班长杨依霖被孟梅老师叫走了，她跟着去了办公室。

杨依霖中午回来的时候，说报案了报案了，警察调看了街上的监控摄像，只看到李想背着书包出了小区的大门，在立交桥旁的小花园里坐了一会儿，然后就没人影了。

在这一天的多数时间里，这个班的男生女生像没人管的麻雀，叽叽喳喳地议论着这事，一个个学生被叫到老师的办公室去询问：这两天你和李想说话了吗，你注意到什么了……

坐在李想前后排的同学是被询问的重点。所以，方朵儿在那里坐了20分钟。朵儿对着孟梅老师和派出所的叔叔一点点地回忆，好像没什么特别的线索。小姑娘胖乎乎的小脸蛋有紧张惶恐想哭的神情。孟梅老师想这小女生哪经历过这么严肃的盘问，她可别被吓着呀。这期间朵儿裤袋里"嘟"地响了一下，是短信的声音，孟梅老师知道那里藏着一部手机。虽然平时要求学生们别把手机带来，但因为是初三学生，放学往往较晚，怕家长联系不上担心,也就任他们带来了。孟梅老师说,好了,朵儿,你回教室吧。

朵儿回到教室,才过了10分钟,老师和警察一群人急匆匆地再次走进教室,把朵儿带回了办公室。

朵儿在走廊里就开始抹眼泪了。孟梅老师从小女孩口袋里把那部手机掏出来。

手机里有一条刚发过来的短信:你没把信交给孟老师吧,一个星期后才能交给她,如果够哥们就保密,拜托啦。李想

其实,警察早已通知移动公司对李想的手机进行了定位。一队人马往李想发短信的那个方向赶去,一队人马就来教室找朵儿了。

朵儿抹着眼泪说,我不知道他在干什么,我真的不知道。

孟老师把手机交给警察,她对朵儿也对周围的人说,这是个很乖的学生,我觉得她是真的不知道。

戴眼镜的警察叔叔细声细气地问,那封信,你放在哪儿?

朵儿说在她的抽屉里,她也不知道他写了什么。她说,他让我交给孟老师的。

小女孩抽噎着的讲述,让他们明白了事情的经由。原来,昨天放学后,轮到朵儿值日,她看见李想没回去坐在位子上飞快地写着什么,就让他挪一下地方,好让她把地扫了。

李想就挪到讲台上继续写。等朵儿和几个女孩打扫好卫生,走出教室的时候,朵儿听见李想在后面喊了她一声。朵儿回头见

李想向她招手。李想说，刚才黑板上的作业题我没抄完，你们擦掉了，你抄下的借我看一下。朵儿纳闷班长今天怎么了。她就低头从书包里找数学作业簿。李想走过来，递给她一个信封，说，这可不是给你的。

朵儿比班上多数同学小一岁，很单纯的，但多少也知道早恋什么的。她有点难为情地推开信封。而李想说，放心好了，这不是给你的，是给孟老师的，托你交给她。

朵儿就有点好奇，那你自己给她好了，干吗让我给？

李想说，不是让你现在给，而是一个星期以后，记住一个星期以后给孟老师，在这之前绝对保密。

然后，没等朵儿答应，他就撒腿跑了。朵儿瞅着那个信封，想了一会儿，就回教室把它塞进了自己的抽屉。她想明天早上丢还给他。结果今天一早李想没来。

那你刚才为什么没说？警察叔叔问。

孟梅老师搂着朵儿的肩，替她回答了，小女孩紧张了，她不知道他写了点什么，没好意思说罢了。哦，朵儿，那么我们一起去把信拿过来，他不是说写给我的吗？

孟老师拿着那封信，看了半天。她发愣的样子，使周围的人都把头凑了过去。

信纸上这样写着——

像梦一样自由

有时候想想，与中国别的历史时期的残酷青春相比，这个时代的残酷青春居然是由一些渺小的题目和考试构成的,真为它不值。但,大人们似乎永远不会弄错,别以为它没有意义,但它通过考试却能改变你的生活。生活真令人沮丧、不屑。

我相信,中国人的青春期结束得很早,进入中学以后,我们多数人就是小大人了,然后就等着考大学,以及大学毕业后就业压力的来临,青春期就真正消失了。有人说,中国人20岁以后就很少快乐了。那么,20岁以前呢?这个被题目和作业笼罩的6年中学,是快乐的吗?那个因为家长着急提前起跑的小学6年是快乐的吗?

生命中有几个12年?在12年后,我们今天所完成的大量作业,可能除了被证明是敲门砖之外,真如一位大学生前天对我说的,绝大多数将被成人生活证实为"最好年华所做的无用功"。现在当我准备对它们进行责备时,大人却告诉我一个"真理",即12年苦读甚至痴读的未来承诺是——12年后,几十年的好职业、好生活。

这样的换算,对谁都充满诱惑。但我不愿意。因为青春过去了,就不会再来。

别来找我,我安全的,我要像梦一样自由。

放心,孟老师,这是人生最初的别离。像梦一样自由。

这封信后来红遍网络,有人说,如果拿去参加新概念作文比赛可能会得一等奖。还有人说,如果这男孩上央视参加舌战,可能会成为另一个韩寒。

这些都是后话。那天下午,当孟老师在这边安慰朵儿,说不关她的事的时候,那边大人们已把李想找到了。

原来这男孩躲在了城北一个小区的楼道地下室,他想避过这几天的风头,再去漫游全国。他想得很美,一路找肯德基打工,一年后再回来读书。

找到他的时候,他正靠在墙边,耳朵里塞着个耳机,在听歌。身边的地上放着几桶方便面、几本书、一个书包和一张摊开的中国地图。

他对警察和他爸说,你们怎么知道我在这儿?

他爸说,手机定位啊,你就是跑到北极,也知道你有没有被熊吃了。

他说,我不回去,我想好了,一年以后我一定回来。

警察说,一年以后?一年以后就怕你找不回来喽。

他指着地上的一本书《我的间隔年》,大声说,我需要间隔年。

他爸和他舅舅以及他妈都说,难道我们不需要间隔年?我们也需要间隔年。

他就开始哭泣,哭得那么伤心。

十七

这封信在初三家长群里狂转。

海萍看了三遍,发现自己一点也没生这个叫李想的男生的气,虽然他把自己的女儿带进了这一场风波。

首先是这信写得确实有才,才初三呢,词汇量、思维,以及老练,天晓得从哪里学来的;其次是很理想化,文字里的心思像嫩乎乎的葱苗,看着就可爱;再次是它简直写出了海萍的心声。

海萍虽然欣赏,但没敢和女儿说起任何与此风波有关的话题,毕竟快到中考冲刺的关键时段了。只是那嫩乎乎葱苗一样的文字里的气息,在海萍心里绕了好几天。海萍相信这所中学的其他家长,连同任课老师的心理可能和自己差不多,因为作业一下子少了,再有就是,傍晚时分陪着中学生在附近操场上争分夺秒地散一下步的家长多起来了。

散步的人中也有海萍和朵儿。

朵儿一定觉得这很可笑,因为她知道过几天作业一定又会多起来的,过几天吃完饭就得赶作业,过几天教室后墙又会挂起中考倒计时刻表。她瞥了眼海萍,她小心翼翼回避和自己谈李想的样子让她觉得很搞笑。操场上也有其他同学在走。海萍和朵儿突然听到有人对着空旷的足球场在喊叫:

我想放假,我想看电视!

好多人都笑了。接着一些人也跟着喊:

我要放假,我要看电视!

声音像波浪,夹杂着笑声在夜空里回荡。朵儿趁着夜色,也跟着叫了一声:我要放假。

然后小女孩一边笑一边在操场上跑起来,她像小鹿一样跑着,回头对妈妈说,大肥肥,跑呀。

海萍看见宝贝越过了前面跑道上的人,越过那些笑声和喊叫,海萍听见她在那头喊,我要看《哈利·波特》《泰坦尼克号》。

今晚的月亮又黄又大,后来朵儿惦记起作业还没做完,要回家去。

海萍跟在她的后面往小区方向走,深秋的晚风有些冷了,女儿小小的背影缩了一下脖子。海萍想她刚才跑疯了,出了汗,现在风一吹会不会有点冷。她把手伸向女儿的头颈,汗津津的。月光照着母女俩,从地上的影子看过去,女儿这一阵长高了不少。

海萍想起方园这些天在打探留学的事，心里像被暖风吹了一下。她想，如果有戏，哪怕考上重高，咱也不读了，早点走算了。

今天海萍朵儿出门散步的时候，方园坐在电脑桌前与美国的方芳QQ聊天。

方园：你那边很早吧？

方芳：是的。又看了几所质量好的私立中学。

方园：如何？

方芳：开车出去大都两三个钟头的车程，学费都在每年五六万美元，挺贵的，不过是住校的，质量真的很好，我去看的都是质量好的学校。

方园：OK。

方芳：住校比较好，主要是有语言环境，而且还比较安稳。住在我家不现实，每天上学放学三个多小时的车程来回，不现实。

方园想，不住你家里，那就意味着学费要40万元人民币一年，而无法省去其中20万元住宿费，这样四年高中下来，就160万元，虽自己手里的一套余房可以卖到150万至190万元，加上家里的一些存款，好像可以去试一下，但问题是接下来的四年大学怎么办？如果小孩能住妹妹家里，情况就完全不一样了。更何况，住妹妹家里，朵儿身边就有了亲人，自己更放心。

所以方园不死心，问：那么距离你家近一点的学校有没有？

方芳：有，但是公立中学，外国人不能入读。

方园：那么，差一点但离你家近一点的私立学校有没有？

方芳：可能有，但一定不是最优质的，因为周围的朋友没人提及它们，呵，我就不明白了，差一点的私立学校你也愿意让她去？

方园：这样至少可以成行。

方芳：但我无法接受，我不同意这个。

方园：？

方芳：让朵儿读差一点的学校，我觉得这不负责任，至于是否入住我家，这其实是次要问题。

方园觉得有些说不清了。

方芳：你让我帮这事，我得对孩子负责。

他打字：先去差一点但近一些的私立学校，以后看不行，还可以转校的。

他心想，这近一点的学校真的很差吗？我们也未必要去最好的。

方芳回复：我不认同为了住我家，可以冒险去读差的学校，只为了省那一半住宿费，你那么多钱都花了，为什么还要省这点？

方园：这你还不明白，我们没那么多钱。

方芳：你可以卖掉房子的，这两年国内房价不是很高的吗？

方园：房价都快跌了，再说，现在就卖掉，以后大学怎么办？如果可以晚点卖房，也就为读大学留了一点余地，谁知道以后经济情况怎么样。

方芳：你不该想那么远，以后的事以后说吧，先解决现在的，现在需要的是去读好一点的学校，好一点的学校得住校。住校是有好处的。

方园的脑袋里在嗡嗡旋转。他回复：房子我会卖的，但现在如能留下，我想先留下，先住你家，只是想让你帮助省一点住校费用。

他接着又马上打字：住你家里，有自家人在，我放心些，她还小，需要一个文化上的过渡。

他还打字：生活费我会付给你的。

方芳在那边觉得这头的麻线怎么也绕不清。她打字：即使住校我也可以周末去看她的呀。

她打字：住我家本来没问题，但这边的米娜在读十年级，两个小孩上学放学我接不过来，照顾不过来，所以最好等米娜毕业了，朵儿再来。

方园：等米娜毕业了，朵儿已经高三了。

方芳：那么让她高中毕业了再说吧，到那时出来可能更理性些。

方园：我知道理性，但如果这次考不上好的高中，在这里读的也是差的学校。

方芳：嗯。

方园：普高职高学风不佳，高中没学好的话，到那时留学读什么？

方芳：那么现在就让她冲一下国内的好高中吧，这更现实。

方园：？

方芳：冲冲吧。

方芳：对了，这事你不用和爸妈交流太多太细。

方园：？

方芳：他们啥都不懂，别让他们瞎操心瞎出主意，这对老人的身体不好。

方园：知道了。

那只小企鹅间歇性地跳跃着，一丝一丝的焦躁在隐约而来，一句赶一句的言语，穿越着大洋和天空。对方园和方芳来说，他们正坐在各自的逻辑之上，就像坐在两团不同风向的云中，无法对接，这是因为奔往的方向不同，于是有了情绪的波澜。

正说着，海萍和朵儿回来了，方园赶紧下线。他问了一句，外面没下雨吧？

海萍说，怎么会下雨？

朵儿开始做作业，海萍在为她准备明天的课间零食。方园盯着电脑在发愣。他回头看着那张专注的小脸，台灯光在她脸上洒下一层柔软的光晕，一缕头发遮在她的眼前，她有时在飞快地写着，有时在发愣。他想，加油，加油，不去那边算了。

十八

楼上的吴佳妮,有一天来敲海萍家的门。

她问海萍,听说你老公在市公安局有一个老同学,想请他帮忙打听一个事。

海萍说,是有个初中同学,当了副局长。

吴佳妮笑了一下,说,就是想了解一下小孩子的过继问题。

过继?

吴佳妮注意到海萍张大嘴,明显被镇了一下。

是的,过继,就是让小孩子认父母的兄弟姐妹为爸妈。

谁过继?海萍问。她觉得自己的反应有点强烈,就笑道,过继这事我知道的。

吴佳妮看见她的手里还拿着一只香菇,估计刚才在准备烧晚饭。吴佳妮咬了一下嘴唇，说，我想把琴琴过继给我姐姐。

海萍说，这应该可以的吧，在法律上。

吴佳妮摇了下头，说，现在好像不太好办，要有理由，尤其是孩子父母都健在，也就是好端端的，就好像不太给办。

这下轮到海萍傻了，说，是啊，好端端的，为什么要过继？

她问完就觉得自己有些多嘴。这楼上的这位情况有点复杂。

吴佳妮没回答她的话。她只是说，我开始还以为挺容易，没想到这事挺麻烦的。

海萍说，我让方园去问问看，但估计你多少总得有个理由，为什么要把女儿过继给别人。

吴佳妮轻摇了一下头，说，问题是，确实没说得上台面的理由，其实就是想让琴琴去美国读书。

海萍说，读书也不一定要过继啊。

吴佳妮抚了一下头发，神秘地笑了一下，说，过继了就可以去那儿读公立中学，学费就很少了。

海萍一下子明白了。她想，哦，真聪明。

她吃惊的样子，让吴佳妮高兴起来。吴佳妮说，否则我们读不起，美国私立学校像我这样的怎么读得起。

海萍说，真是好办法。

吴佳妮说，这就需要过继，算作我姐姐的孩子，但这个理由我们这边是不会同意的。

海萍说，那当然，你总不能说为了读书，女儿连亲妈都不要了。

她们站在门边,一起大笑起来。

她们都觉得这事让人兴奋,虽然不可思议,但逻辑上又隐约觉得可行,所以来劲。

海萍答应让方园去向老同学打听一下,看看可以找什么理由,实现跨国过继。

方园回来后,听了这事,惊得嘴巴都张大了。

小女孩朵儿在边上听了几句过去,想着琴琴这些年与她妈相依为命,现在却要换个妈了,心里就有怪怪的感觉,于是就非常好奇,不停地追问海萍为什么。

海萍告诉小女孩明天可别傻乎乎地去问琴琴这事,也别对别的同学说。海萍说,人家只是说说而已。

朵儿突然说,琴琴要是换了个爸妈,那么她亲爸同意吗?

朵儿这话好像让这屋子里的灯突然暗了一下。

有那么一刻,三个人奇怪地看了彼此一眼,大家都想到了那个胖男人。

十九

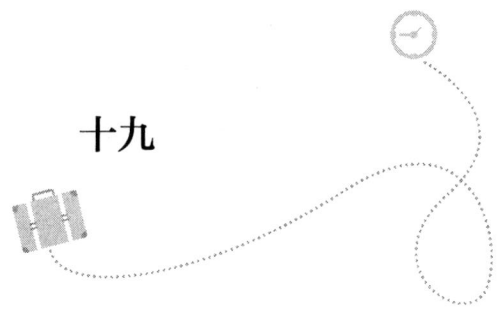

第二天放学的时候,朵儿就留意地看了看街对面那株大香樟。树下,那个人今天又来了。

那个胖叔叔,站在那边正在向这里看呢。

与其他接孩子的家长不一样,他一般不过路这边来,他只在那边挥挥手,喊一声:琴宝。

当然,有时候他会过来,把一个装满东西的袋子往琴琴手里塞。这个时候,琴琴的脸就会涨得很红。

有一天他甚至把一只很大的毛绒熊宝宝带来了,在校门口给她,说这是她的生日礼物。

琴琴难堪的样子让朵儿很同情。这个胖老爸在校门的出现,除了提醒同学们琴琴来自离异家庭外,还仿佛在当街演家庭剧:

她爸想女儿了，她爸在难过哪，女儿快哭了，她说"有病"。感情的东西在街边众目睽睽地上演，连朵儿这些最想看言情电视剧的初中女生都觉得受不了。

朵儿觉得，这比自己老爸每天放学后来校门口接她回家要难为情得多。所以有时放学后，她看见琴琴低着头往校门口走去的样子，心里为这个家住自己楼上的女孩犯窘。

今天，朵儿特别留意琴琴那个胖老爸有没在街对面出现，这是因为昨晚听到了父母的只言片语。

她想，他会肯不做琴琴的爸吗？

她不相信他肯。因为这个胖爸以前就住在自己家楼上，那时常从上面传来打架的声音和琴琴妈妈吴阿姨的哭声。他们离婚后，这个胖爸就搬走了。但有些晚上，他喝醉了就会跑回来，在下面拼命地按单元的门铃，大声嚷嚷，琴宝，爸爸回来了。

有一次他甚至半夜在楼道里拍打吴佳妮家的门，他大着舌头说，凭什么由你带她，凭什么我一个月才能和她吃一餐饭……你他妈的会找别的男人的，琴宝因因你要当心啊……

今天朵儿没看见爸爸方园来接自己，她想起早晨时爸爸说过今晚单位有应酬，让她自己回家。

朵儿过了马路，顺着街边走，她冲着香樟树下琴琴的胖爸叫了一声：叔叔好。

琴琴爸爸金志明看见是原先楼下的小孩方朵儿，连忙笑道，哦，是朵儿，你看见琴琴了吗？

朵儿回头说,她和我不是一个班的,他们可能还没放吧。

金志明把手里的一个塑料袋递过来说,朵儿,你帮叔叔把这个拎回去给琴琴好不好,叔叔等不及了,叔叔要出差去赶火车了。

朵儿想着该不该接这个袋子。金志明说这是一个榴莲,我们琴琴最喜欢吃榴莲了。

朵儿想起以前他敲打琴琴家门吴佳妮报警的事。她不知该不该带这个东西回去。她低声说,你和她说过了吗?

金志明在这个初中生面前脸红了,他尴尬地说,说过说过,叔叔和她们都说过了。

朵儿就接过袋子,里面的榴莲被一张旧报纸包得严严实实的,所以看不出来是一只榴莲。说它像一颗炸弹也行。

朵儿提着它顺着街边往家里走。有那么一会儿她真的觉得它仿佛是一颗炸弹。

她把袋子提起来,闻了闻,在街头的复杂气味中,她嗅到了一丝古怪的热带水果的味道,嘿,真是一颗榴莲。琴琴这胖爸真的极品,居然来校门口送榴莲。朵儿笑了出来。她又嗅了一下袋子。她知道这东西闻着难闻,但味道是很甜的。

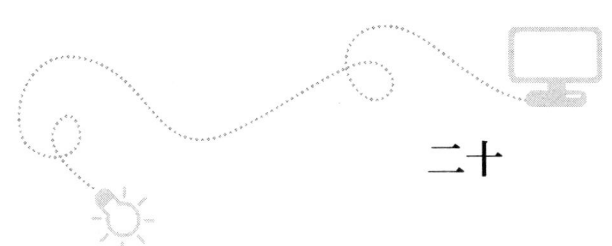

二十

方园妈妈看儿子这两周都没提留学这事。她问了几次,方园都说方芳还在看学校,还没消息。

每个周末,爸妈都在等女儿方芳打电话过来。事实上,方芳每个周末都会打越洋电话问候老人。

老人提及朵儿出国的事,方芳说,我还在看学校,这事不能急。

在等消息的日子里,他们还在忙着买东西。

虽然12月9日这个预约签证的日子还没到,他们已一趟趟上街,为赴美探亲购置各类物品,准备给方芳带去。袋装东坡肉、袋装梅干菜、袋装酸菜鱼食材,床单、被套等,摊了一小床。

有一天方园爸爸打电话给方园，让他晚上来一趟，晚点不要紧。

晚上方园在家吃完饭，就骑了车去城西。

夜色已经降临，小区里树影婆婆，路灯照耀着水泥小径，从楼下望过去，爸妈家窗户亮着一抹绿色的光，在楼宇一排排的窗子中间，它略显昏暗，像老年人站在一群抖擞的年轻人中间。风吹动着树影，自己骑着车的影子落在前面了，有一种情愫仿佛从那绿光的窗户里辐射过来，牵引着。那是牵挂自己的地方。他想到屋檐下的两个老人，心想今天一定不能吵，不能急，一定不能让他们在他走了之后还难过些什么。

方园爸妈见儿子进门来，还带着一袋什么东西，就说，不要又买什么了，我们这里吃不了。

方园说，是螃蟹。

刚才在路上，方园想，三人一边谈话，一边忙手忙脚地做着些什么、吃着些什么的时候，心里就会来不及钻牛角尖。所以，他路过菜场的时候进去看了一下，菜贩子已经在收摊了，卖蟹的把最后的都便宜卖给了他。

蟹在锅里蒸着。其实在这之前他们都已经吃过了饭。

妈妈说他们感觉方芳有些想法和咱们不一样，他们感觉到了，所以叫方园过来聊聊，怕他为此事难过。

他们说，也可能是方芳在国外待久了，所以有很多想法和我们这边不太一样了。

方园瞅了一眼头顶上的那盏灯，他发现这房屋里的灯都太暗了。他说，其实，小孩子不去留学也是蛮好的。

爸爸说，最后去不去是一回事，但帮不帮忙是另一回事，这事是要方芳帮助的。她出去这么多年，偶尔要她挑个担子，为家里做点事，而且是下一代的事，应该积极才对，人家家里都是有钱出钱有力出力……

爸爸说着说着就生气了，他站起来，坐到了沙发上去，这样可以靠着。

妈妈说，你看我们怎么和她说好？

方园说，其实也只是想在她家里住一下，这样经济上可行了，至少朵儿就可以成行了，我们对小孩在那边的安全、适应过程也放心些。

妈妈说，方芳说自己没法同时照顾两个小孩，那么我去那里照顾朵儿好了。

方园说，她说她家附近没好学校，其实稍微差一点的也行，我们这边考不上好学校的话，也只能去读差的，不是出国就能读好的。

蒸汽带着螃蟹的味道，从厨房那边渗过来，已经蒸了多久了？方园想起来刚才忘记看时间了，那么再蒸一会儿吧。

妈妈说，方芳有义务为这样的事尽力的。

爸爸说，住她家是想省些钱，这也是省学校住宿费的钱，她如果那么在乎，我们出钱给她好了。

方园说，生活费本来就会付给她的。

妈妈开始猜测，她说，只不过是在方芳家住住啊，是不是韩伟不同意？

韩伟是方芳的老公。妈妈心想，当年方芳韩伟刚去美国那阵，他们把女儿米娜留在我们这边养，养了两三年了，方园那时才结婚，把小米娜当自己的孩子，买这买那，办入托，送培训，生病发热赶医院，我们不是也为你的小孩付出过吗，怎么轮到方园的孩子你们不肯了？

方园妈妈这么想着，连螃蟹蒸了快一小时了都没发觉。

那天晚上，方园走出家门的时候，已经快10点钟了。方园沿着大街往城东骑行，一路灯火，他骑得飞快，他想，刚才来的时候，就想着别和老人吵架，今天虽没吵，但心里依然那么不好过。他想着爸妈的样子，知道他们此刻还坐在客厅的沙发上谈论着什么。他觉得这一切都像做梦，他想，人一折腾就会改变生活的节奏，就会心烦。在他眼前晃过了妹妹方芳的脸，他知道她的个性，也是个丢不下心思的人，他好像看到了她心烦意乱的样子。

这两天方园和妹妹方芳在网上争了起来。

方芳说，是你们太急了，把很多事都想偏了，事情不像你们想象的，不称你们心的，就认为是我不够尽力，就先认定我自私，认为我不想促成这件事。

方园说，想住你家，你就说好学校太远，每天赶路不现实；我说那么读差一点的学校，你又说，这不负责任。那么我们无法来读了。

方芳说，我说的哪里错了，读书就是要花钱的，没钱怎么来读书？

方园说，既然无法住你家，那么先向你借一半钱吧，就算你也为朵儿出点力吧，这样我们这边至少可以成行了。

方芳吃惊方园会这么说。她想象着方园的样子，一下子想不清晰他的脸。她说，我们也很困难，米娜接下来要读大学。

方园说，我会还你的。

方芳说，爸妈怪我对这个家不尽义务，你知道吗，我整天想着家，想你们，我做梦都梦到他们生病了，只是，我只有这点能力啊。

方园说，你不是为我做，你是为朵儿这个小孩子做。

方芳说，如果说义务，我对照顾爸妈有义务，但你女儿读书我有什么义务？

方园说，问题是你长年在外，你没照顾爸妈。

方芳说，我是做得不够，但我会做的，我只有这点能力，有什么好吃的我不是也给他们寄来？

方园说，对这事，你是热心肠还是怕烦，我又不是傻子不知道。

方芳说，你这么武断，从小就被爸妈宠坏了，你想要我照顾小孩，我也只能尽我所能，我这里有家，没错，但家里不是我一个人做主。

方园说,我知道韩伟不同意。

网上方芳好像迟豫了一下,她打字过来:他是不同意,我也不同意。

网上像布满了下雨前的云层,潮湿郁闷,心好像越来越急了。方园和方芳说着说着,觉得那语言像一把把小刀,一边后悔把它丢了过去,一边还是把它丢过去。亲人间的失控来得更容易,是因为有期待有依持,所以失望被渲染得铺天盖地。

方芳连续几个晚上睡不安稳了。窗外是纽约的天空,但她好像生活在中国的天地里。在断断续续的梦境中,她看见自己坐在老家照相馆楼上的房间里,她看见自己在剥一颗糖炒栗子,而哥哥在吮一串冰糖葫芦,她大声地哭泣,说,妈妈偏心。

她对无法入睡的自己说,是方园的心急和想当然,把自己和爸妈带入了偏执和纠结之境。

方芳和爸妈也有了争执,她不想让爸妈伤心,但爸妈的想法是那么偏执那么想当然,她控制不住自己的情绪和声音。

方芳在越洋电话里对父母说,是的,我对你们是有义务的,我记住的,你们放心,我记住的!但方园混得并不差啊,他又没穷到要救济的程度,我对方园女儿读书有什么义务?

爸妈说,我们不要你的义务了,我们只希望你顾惜一下你的哥哥,是他在照顾我们老两口,你照顾不上,都是他在做,所以我们只是希望你把对我们的义务,转到为朵儿读书出点力这件事上。

方芳感觉他们既可怜又难缠,她说,我们也没发财啊,方园还有几套房子,你们的房子以后一定是给他的,所以他活得并不差,为什么还要向我要钱?

爸爸说,他向你要钱?他怎么可能向你要钱,他讨饭都不会向你要钱!

方芳说,他是向我要钱,你们从小就偏爱他,邻居都说你们重男轻女。

方芳差点哭起来。方芳说,美国不是中国,你们以为我家周围有中学,就有中学?就可以去读?

爸妈说,事情还没办,就和我们争,我们争不过你,留学这么多年,学到的都是口才?你周围有没有中学,我们会来看的。至于你是尽力还是推托,我们不是那么迟钝的人。

这话让方芳很生气,她说,你们别听方园的一面之词,我这些天看了那么多学校,我怎么不出力了?我看一趟学校,就要花一天时间,连米娜都怪我星期天不管她了。

爸妈说,我们把你从小养到大,供你读了本科、研究生,从来都没对你提出什么要求,就是这次也不是为我们自己,是为了一个家族的下一代。

方芳说,从小养到大?我也是这样在养女儿的。我养她哪里想过将来要她回报?如果她日后对我笑笑,就是安慰了。

妈妈丢了电话。

方芳开始哭了,隔着千山万水,她失声痛哭。她想着大洋那边两个老人在幽暗的房间里失神的样子,她心里抓狂。

二十一

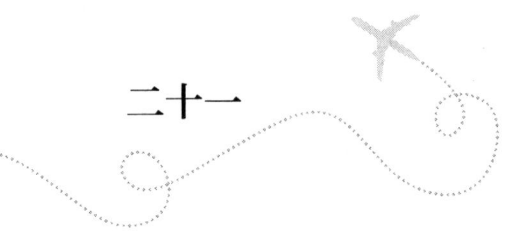

方园从"时美"超市出来,迎面遇上表姐林红。林红提着个环保袋,说来买点核桃。

方园说,好几个星期没见了,光明那边怎么样?

林红瞅着他古怪一笑,告诉他上次去福建是有成效的。

他们站在超市的大门口,一些人从他们身边绕过去。林红说,宝珠把光明派到下面一个县城去了,让他一个人去负责一个住宅项目。

方园说,这又怎么了呢,这是委以重任。

林红把他拉到门的一边,以免挡了别人的道,她说这是疏远,让他走远,让空间远离,是为了让心也远离。

林红脸上的犀利几乎让方园服了。OMG,女人难道都是心理学家吗？这个信号也只有她们彼此能懂。

方园在办公楼下的花园里给表姐夫许光明打电话，问他去县城了？

光明说，是的，去做一个叫"麦地郡南"的项目。

方园说，呵呵，这么说宝珠老板对你委以重任了？

光明说，哪里哪里。

方园说，独当一面，这是多信任啊，毕竟是她的亲信。

光明在那头"切"地笑了一声，他懂方园阴阳怪气逗他的意思。

光明说，哎，方园，不是说和朋友一起干活到最后可能连朋友都没得当嘛，更别说是亲信了，工作有工作的要求，独当一面更有独当一面的要求，顶起真来，天天是要吵架的。

方园有一瞬间感觉听到了真心话。他想起昨天林红对自己说的话，就对电话那头说，光明，那你得适应你的新角色。方园感觉自己话里有话，对自己的表达他觉得挺满意。

而在福建这边。许光明搁下电话，窗外是近在咫尺的工地，尘土轻扬进了这间办公室的每一个角落，桌面上、沙发上，包括人身上都蒙了一层灰，打桩机的隆隆响声好像贴在耳边上。许光明看着远处秋天的田地和水塘，知道过不了几周，它们也将被这工地吞没，一年后，这里将出现一片住宅，名叫"麦地郡南"。

许光明想着方园那句话，"你得适应你的新角色"。他相信方园只是随口说说,方园一定不知道这话里对于他许光明自己的意味。他相信没人知道。

宝珠那天把他叫进她的办公室,她说,你还记得那个我们取名叫"麦地郡南"的县城住宅项目吗?我考虑了,想把它交给你,由你带一支人马过去操盘。

她含笑地看着他,一如既往的眼神,而言语里却交织着不同的信息。她说,这意味着你一个人去那里,你不可能永远在我身边,你得独当一面,"麦地郡南"是我们进入三线城市的开端项目,我很看重它,你去干吧。还有就是,你去那边,也好让我静一静。

宝珠垂下眼帘,她的手指按了一下胸口,说,远一点,让我静一静。她轻语,呵,这"麦地郡南",和以前读书时的往事有关,由你去做吧,就做成一个往事,远一点,真成为一个往事……

许光明说,我知道我知道。他心里想,去县城也好,这应该是最好的。

而当许光明来到"麦地郡南",他发现没那么好。

这主要是:一、他对当地人脉不熟,他的个性也无法迅速融入并加以经营,而地产开发过程中涉及方方面面,这就使"麦地郡南"进展费劲;二、他从来没挑过担子,如今当他挑起它时,有许多规则、指标、理念、要求就会接踵而至,需要执行力,这是他的短板,也是他和老同学、老板陈宝珠最近发生争执的重灾区。

许光明从来没像现在这样具象地理解为什么朋友一起干事最后会无法成为朋友。对宝珠而言,让心远离的努力,交织着这些年来两人不同生活路径造就的观念差异,以及对光明执行力的失望,这一切日益放大着她的郁闷,以及克制自己的心堵劲儿。许光明潜伏了一整年的倔脾气也开始萌动,他把它压下去,而这又让他对自己生气,不为别的,就为那20万元钱的暗示。

许光明对着窗外尘土飞扬的工地吐了一口气,他不知道自己是否和"麦地郡南"一样,还能干下去。

二十二

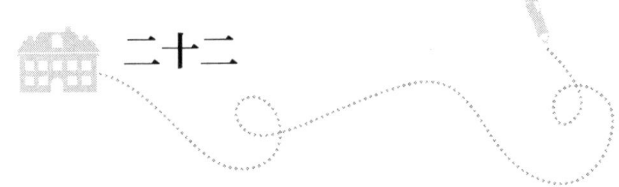

这个星期六上午,方朵儿没去补课,因为数学老师出差去了。方园妈妈赵姨,带着一大包袋装梅干菜肉、袋装东坡肉来儿子家,看孙女朵儿来了。

海萍说,还带这么多东西过来。心里却想,老人怎么搞的,花钱买这些袋装食品,家有考生,得吃新鲜的。

赵姨拉着朵儿的手,看了半天,感觉小女孩又长高了,赵姨很高兴,说,爷爷身体不好,从家里到这里来要转三辆公交车,所以他今天不来了,但他惦记着你呢,下个星期天去看看他好不好?

朵儿点点头,就坐回书桌前做作业。海萍注意到赵姨坐在沙发上看着朵儿的背影在发愣。她想,老人是好久没见小孩了。

赵姨起身走上去,轻拍了一下朵儿微弯着的背,然后搂了搂她的肩膀,说,字写得真快,咱们囡囡是有志气的。

海萍对赵姨说,我去烧菜,午饭一起吃。

赵姨笑道,我等会儿就回去,你别忙了,我回家去吃。

海萍说吃了再走吧。赵姨说,不了,老头子一个人在家,这几天身体不好,老是感冒,我得给他去煮点粥。

海萍突然想起了什么,说,签证的时间快到了吧?但愿去签证的时候身体好,据说在那里排队等候,人很多,很累人的。

赵姨笑笑说,是的,连打电话预约都那么难,我不太敢想我家老头到时候能不能坚持得住,我听隔壁去签过证的陈老师说,进门连皮带、鞋子都要脱的。

然后,赵姨对她轻轻笑道,如果到时候身体吃不消的话,以后再去签,这事不着急的,顺其自然。

赵姨先前就和儿子商量好了,对海萍只说是去美国看女儿,不说为孙女去看学校,主要是怕海萍期望太高,最后如果办不成反而不好。

所以现在赵姨面对海萍,心想,幸亏当时这样想到了。

而其实,海萍知道老人这次不会是单纯去探亲,否则十几年都没去,为什么偏偏这个时候去呢?海萍是聪明人,知道方园和他父母的心思。但这也无妨,换了她自己也会这样,很多事八字还没一撇,前面说得再充分,也意义不大。更何况,还想瞒着女儿朵儿,好让她先一门心思冲刺中考,这样才能两手准备。万一小孩子现在松懈下来,到时就怕两头不靠。

赵姨坐了一会儿，就想回去了。她突然想到了什么，走到朵儿的书桌边，拿出自己的手机，说，朵儿，奶奶给你拍几张照，带回去给爷爷看，他最想你了。

朵儿嘀咕，我知道他最想我了，因为你刚才说过了。

朵儿就站在窗边，愣愣地看着奶奶的镜头，奶奶的手机背面贴了一张小猫咪的手机贴纸，那是一年前朵儿给她贴上去的。

奶奶说，囡囡笑一笑。

奶奶拍了几张。又说，再拍一张做作业的照片，让爷爷看看你是怎样做作业的。

朵儿坐回书桌前，拿起笔接着写刚才做了一半的习题。奶奶一边拍，一边说，你爸小时候每个星期天也这样坐在窗前做作业，做啊做，后来考进了复旦大学。

窗外的阳光斜进屋里，光柱中一缕缕轻尘在飞动。手机后面的奶奶眯着眼在看显示屏上的朵儿，她在说，我看囡囡行的，很争气。

等到朵儿写完这一题，回头发现奶奶已经走到大门边，穿好鞋子要走了。

海萍说，朵儿和奶奶再见。

朵儿想站起来。奶奶对她努努嘴，说，好好好，快接着写作业。

二十三

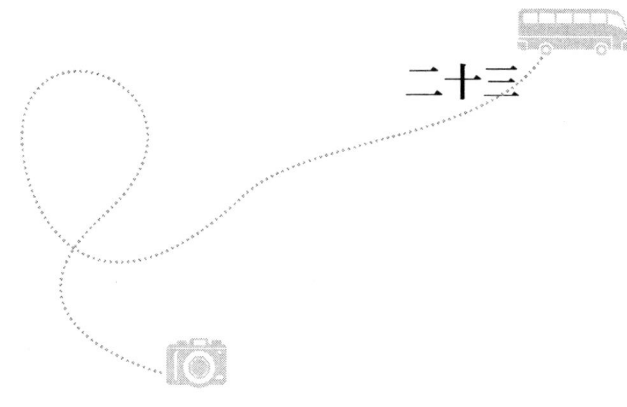

海萍方园在敲吴佳妮家的门。

佳妮见他们来了,高兴地请他们进屋。

房间收拾得很干净温馨,墙上挂着几张母女俩的艺术照。

方园说,问过公安局的老同学了,他说这事有点难。方园在想着用词,所以显得有些吞吞吐吐,他说,尤其是你的这种情况,找个合适的理由可能还是其次,首先要你前夫老金同意孩子过继,也就是说他放弃做父亲……

里屋门框上,一串风铃在叮叮咚咚地响。这风铃应该是琴琴小学时手工课上的作品。吴佳妮走过去,拉拢里屋的门,琴琴正在里面做作业呢。

吴佳妮回头,轻语:这我知道。

吴佳妮说,我姐和我这些天也在打听,甚至我姐都替我想好了,如果我们这边的相关部门要求太严,我又没合适的理由,那么她帮我转到菲律宾、新加坡等地办这个过继手续,反正只是给美国人看一下的,这事有人有渠道在办。但问题是无论在哪儿办,都需要我前夫同意。

方园海萍忧愁地看着她,点头。方园说,那,你和他商量商量看。

吴佳妮垂下眼帘,说,他?

吴佳妮抬头向海萍苦笑了一下,说,他,他是个猪脑子的人。她突然有些激动,撩起袖子,给海萍看了一眼自己的胳膊,他打我的乌青到现在还没褪,我忍了他这么多年,实在忍不住了,你说这样一个猪脑子的人我和他有什么好说的?

方园想赶紧下楼去,但海萍好像坐定了这里。

吴佳妮说,说实话,也许他本质上也说不上真的有多坏,好的时候也很好,但他有强烈的自卑感,我如果晚一点回家,如果和别的男人说了几句话,他都盯着,一天几十个电话来追问。我忍啊忍,别的都能忍,就是他动手打人这没办法忍,实在没办法忍啊,家暴实在受不了了……

她的眼泪夺眶而出。

海萍说,原来是这样啊,我们住楼上楼下的,还真的不知道原来这样。

吴佳妮说,都已经离婚四年了,他其实整天还盯着,这你们可能也看见了，说出来丢脸。

海萍方园在点头。吴佳妮叹了口气，说，不说他了，他已是路人了，只有我妈知道我是个软心肠，最怕我走回头路，其实我不会了，因为我现在的心思里只有一个人，就是宝贝女儿琴琴。她是我唯一的心肝。我要让她出去，离开小环境，离开大环境，离开我们这里，这才是最好的，我爱她，我不能让她过得不好。

海萍知道自己的泪水也跟着在淌下来。面前这个女人已不年轻的脸上有一股倔气在流淌，窗外的秋雨打在窗户上，顺着玻璃纵横而下，这屋里的人有那么一瞬间好像共坐在天涯的尽头。

海萍心想，她知道宝贝过继给别人的感觉吗？她想起好多年前自己的妈妈坐在床上给她做鞋子，妈做了那么多双鞋子，还是觉得不够，一边纳着鞋底，一边盯着小女儿看，视线一刻也不舍得放开。后来姐姐告诉她，妈在她走后的很长一段时间里，每天吃晚饭的时候都在念叨她，说海萍怎么样海萍在干什么，海萍应该在过好日子了吧。后来，自己在广东读大三那年，妈妈去世时，姐姐们过了一个星期才告诉她，主要是怕她千里迢迢地赶回来，她们为路上的她担心。她记得自己当时正在珠三角一个乡镇搞调研，傍晚时分她坐在桥墩边对着田野想喊出些声音，但什么也喊不出来。一轮黄色的大月亮从水塘那边升起来，她相信自己以后看到这样的月亮，就会记起此刻悲哀的自己在悼念妈妈。

海萍从桌上拿过一张纸巾,擦了一下眼睛,她看到吴佳妮现在比自己平静。这个从没去过美国,甚至还没去过北京的女人,此刻因意志的决然而在迅速地沉静下来,然后又开始为某个柔情燃烧,她说,这事全靠我姐,是她看我这个妹子可怜,一人拖着琴琴过日子太苦太没前景,所以豁出来帮我,她说琴琴现在14岁,刚好她那边一儿一女一个15岁一个12岁,琴琴过来有伴,还有语言环境,让她过来吧,你也好换个活法……其实姐姐说得再轻松,我也知道这意味着她将付出什么,她有这个心思,有承担心,她还需要和她老公商量好这件事,不容易。我这辈子有这么一个好姐姐,她是我家给我的最好的礼物。

吴佳妮突然笑了,她说,老天爷是公平的,我没有遇上好老公,但有个好老姐。

海萍也跟着笑了,她跟着说,嗯,是公平,这两年我也越来越相信命了。吴佳妮的笑容让她心里轻松了一些。里屋的门开了一下,琴琴探出脑袋看了眼大人们,吐了下舌头,又关了门。

而方园则急着想下楼回家去。他不想坐在这里了,那个未曾谋面的吴佳妮的姐姐,好像掀翻了他这两天压在心里的失意。毫无疑问,他很受刺激。

方园夫妇下楼的时候,对吴佳妮说,你无论如何得跟老金谈谈,好好谈谈,说不定没那么难谈,这事绕不过他。

吴佳妮嘟哝了一句,当年为了孩子判给谁,他都和我争得头破血流,现在要他放弃做爸的名义……

海萍挽了挽吴佳妮的手臂,安慰道,孩子的成长问题、教育问题，无论是爹还是妈，对他们来说都是第一位的问题，这个他一定明白的。

那天晚上，方园早早睡了。他说太累了。其实他一夜恍惚。他眼前晃过妹妹的脸，童年时的小脸，梳着两根小辫子，支棱在耳朵两边，像两个天线。他们手拉手，从一个小巷子里奔过，他们在追一个卖冰糖葫芦的老头，那老头刚才在家门口喊了几声"冰糖葫芦"，妹妹听到了，要吃。方园赶紧从抽屉里拿了几块牙膏皮，拉着妹妹下楼，发现那人扛着那根插满糖葫芦的棒子走远了，他们一路追赶，进了小巷后只听到声音，但没人影。江南小巷七扭八拐，仿佛迷宫，后来他们走迷糊了，妹妹就坐在地上哭……在窗外的雨声中，那巷子渐远渐近，妹妹的脸庞也在渐远渐近，然后飞快地远去。方园感觉心里好像空落了一块什么，他明白纠结通往的是更为纠结，念念不忘折腾的只是失望，他想让某种东西快快地离自己和这一家人远去，哪怕暂时远去，就像回避某个话题，让心里好轻快一些，于是他在黑暗中让妹妹那张脸远去，仿佛挥别牵绊，仿佛别离。

方园躺在床上，棉被散发着柠檬洗衣液的味道，身边的海萍在轻轻地打呼。他睁着眼对着屋里的黑色轻叹了口气，他接着又叹了一口。他一口口地叹着。突然他听见海萍问，怎么了？

没怎么。

海萍说，你最近怎么了？

没怎么。

海萍说,那么快睡吧,明天要送小孩上学。

方园说,真的没什么,就是去美国不太现实了,那边的私立学校太贵了。

海萍说,那就不去好了,像吴佳妮这样,当孩子真走成了,恐怕她也会难过得要死,走和不走都会难过的。睡吧。

二十四

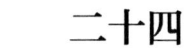

海萍是个通透的女人。从小至今,她这一路的经历,自然而然让她习惯了低调、转向、相信命,虽然有时候性子有点急。

方园虽没跟她细说自己这边探路留学的进展情况,但这些天他的恍惚和欲言又止,使她大致明了,这事不太好办。

普通人家小孩出国,本来就不会是好办的。海萍对此想得明白。那么就先好好中考吧。

今天晚上,她和女儿一起在算中考加分。这些加分,有的是为了加在平时综合成绩上,争取保送生名额;而有的,日后则可以直接加在中考成绩之上。

对照朵儿从学校带回来的加分规则,海萍发现朵儿没有几分好加。不是优秀学生干部,不是某某活动积极分子,没有演讲比赛、文艺比赛、体育比赛等奖项，没有小论文小发明，没有见义勇为行为，更不是少数民族……

这些分值，每项2分至10分不等。算下来，朵儿只有5分，因为她被评上过一次三好学生。

海萍说，还不错，总算还有5分。

而朵儿鼓起腮帮子，对着台灯吹了一口气，瞟了眼她妈，说，陶小燕陈海峰赵泽他们都加到30多分了，最高的是石建明，加到了45分，夏南妮居然有武术加分，谁晓得她怎么搞来的，她跑个800米都跑不动。

海萍嘴上说，我们自己考吧，保送的学校你未必想去。而她心里则在后悔自己当初没在这方面花心思，没想办法和班主任热络联系，让朵儿也当个小干部，多给她一点参加社会活动的机会，说不定也能多得几分，如今中考都还没开考，人家就已经有不少分了，就已经有差距了。海萍觉得自己和方园真的不太有心，有心的人早就在想办法了，围棋啦、画画啦、写作啦、武术啦、演讲啦，托人参加个比赛，又不是对抗明显的项目，给小孩颁个名次，反正银奖铜奖有那么多人，自己和方园真的傻了。裸分当然吃亏，一分分要凭硬本事从试卷上挣，这1分平时要做多少道题目啊，差1分在全市至少要差100多名呢。这加分，让他们在开考前已经站在不同起跑线上了。

海萍知道朵儿当然明白这些，她忙不迭地安慰，我们自己考，你有5分好加，也是不错的，一定有不少同学还没有呢。

朵儿还在看那张加分规则表格，她突然抬头对妈妈说，我还可以加5分。

怎么又有5分？

小女孩指着表格，说，全市中学生作文比赛奖，我有一篇也得过。

没听你说起过呀。

小女孩居然淡淡地说，有什么好说的。

让海萍好奇的是，从来都没感觉女儿会写作文啊，她居然得了作文奖，那是一篇怎样的作文呢？

小女孩说，写的是关于梦想的。

小女孩朵儿和母亲海萍性格很像，是内向实在的那类小孩，平时在校言语不多，作文这类涉及表达的，表现一般，她比较擅长理科。

海萍说，关于梦想的？赶紧拿给我看看。

小女孩说，放在学校里，是写在我的作文本上的，老师让我抄了一遍，就寄过去参加比赛了，那一次我们学校就我一人得了奖。

第二天朵儿从学校把作文和获奖证书带回家来。证书是一块黄灿灿的铜牌。

我梦想

我很小的时候，是那么喜欢吃海带，尤其是那种碧绿的海带，装在碗里，绿油油，亮晶晶，是那么诱人。妈妈经常去菜场给我买这种海带丝,卖菜的告诉妈妈,颜色越绿的代表越新鲜。所以妈妈每次买回来的海带,都是碧绿碧绿的。可是有一天,妈妈看着报纸,突然惊叫一声:"天哪!"原来,那种碧绿的海带丝,竟然是化学染料染的!妈妈对我吃了那么多碧绿的海带感到非常恐惧,也非常担心。她不停地骂那些菜贩子为了挣钱没有良知。

我从小到大,每天都要喝一杯牛奶,妈妈认为,这是最有营养的东西,有利于小孩生长发育。妈妈甚至自己都舍不得喝,而把牛奶让给我喝。

可是有一天,我们从电视上看到,我们喝的某种牌子的牛奶中,含有三聚氰胺。这是多么可怕呀!因为三聚氰胺能在人体内结石,有的孩子由于喝了带三聚氰胺的奶粉,成为"结石宝宝",经受病痛折磨。从那天起,我对牛奶总是感到有些害怕。有一阵子妈妈甚至托外国的亲戚从国外带来奶粉,看着外公回国时背着一袋袋沉重的奶粉,我感到十分悲哀。为什么我们中国人自己生产的食品那么不让人放心呢?

有一阵子,街上流行窝窝头。那黄澄澄的窝窝头是那么松软、美味。没想到,过了没多久,媒体又报道,这窝窝头也是添加了颜料的!

……

就在最近,报纸上又说,海南产的豇豆等蔬菜含有高毒禁用农药,这一消息再次震惊了国人。我对妈妈说:"你买蔬菜的时候也要当心。"妈妈忧愁地看着我说:"唉!哪天我们吃东西的时候才能不再担心食品安全啊!"

我心里是那么难过!

我梦想,有一天中国所有的食品都是绿色、健康的。

我梦想,有一天所有的中国人都有一颗关爱别人的心。

我梦想,有一天所有的中国孩子都能健康成长。

海萍把文章看了一遍,没办法再看第二遍了,因为她感觉这简直是自己写的,她心里奇怪地咚咚跳,她想难怪它会获奖,它获奖是一定的。任何一个比赛哪怕国际比赛,它去参加可能都会获奖。

她把那块铜牌放在电视机柜旁。进这个家门,谁都可以看到它。这是小女孩这辈子第一次得奖,居然还是写她的梦想。海萍是那么高兴,她想,这个梦想让我们朵儿又加了5分。

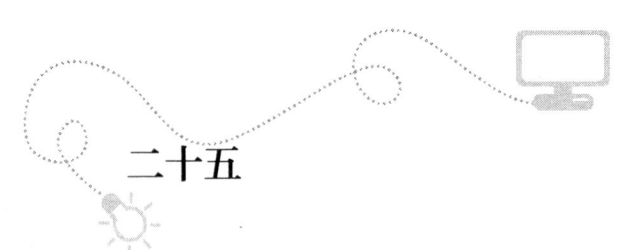

二十五

今天吃过晚饭,海萍赶紧带朵儿下楼去,她手里抱着一只实心球。

她们想利用做作业前的这点时间,练一下投掷,这也是中考体育测试项目,占10分呢。

一个小男孩在小区花园里玩,他一会儿骑坐在石椅背上,一会儿攀着桂花树的斜枝,把自己挂在半空中。

何小鱼!

朵儿突然叫了一声。那挂在树上的男孩跳下来,看着朵儿和她妈,好像吃了一惊。他马上就笑了,说,小蚊子呀。

小蚊子是朵儿的绰号。何小鱼问,你怎么在这里啊?

朵儿说,我家本来就住在这里,何小鱼你怎么到这里来了?

海萍就知道了，原来这男生就是朵儿的同桌，那个爱从别人书包里找吃的的调皮蛋。

何小鱼说，我爸住这里。

他舔了一下嘴唇，好像生怕她们听不明白，补充道，何中良和他的小老婆就住在这里。何中良是我爸，但他的小老婆不是我妈。何中良娶了小老婆，小老婆不能算我后妈，因为我妈还活着，我跟着我妈过，所以，她不能当我后妈。

朵儿海萍吃惊地看着他，在四起的暮色中觉得这小鱼好悲催，但不知说啥好。而何小鱼自己好像一点都无所谓，他大大咧咧地说，我来看看何中良，听说他小老婆刚给他生了个儿子，所以我来看看小宝宝。

何小鱼指了一下海萍家前面的那一幢楼，说，他们住在五楼，502。

朵儿毕竟是小孩，她轻声问，那么何小鱼你干吗不上去呢？

何小鱼说，小老婆和小老婆的妈说，何中良不在。

海萍赶紧把话转开，她指了一下何小鱼停在旁边的那辆自行车和车篮里的那只书包说，听说你要出国留学了，现在一定轻松了吧？

何小鱼可没搭理轻松与否的话题，他只说，最近在语言学校补英语。

他的小脑袋里一定还装着他爸，他说，是何中良让我出国，他想让我出国我就出国？我妈说他小老婆希望我出国都快想疯了，我出国了他们就爽了，眼不见为净了。哈哈，我这才明白他要我出国原来是有小宝宝了。

海萍把实心球交给朵儿,让她抛起来。何小鱼在一边看着,也要抛一下。朵儿说,你又不用考了。

何小鱼接过球,向远处抛过去,投得并不比朵儿远多少。

何小鱼说,不算不算不算。

两个小孩就在那里你投一下我投一下。笑声飘浮在黄昏里。朵儿说,何小鱼你出国留学,不用中考,还不高兴?何小鱼说,本来很高兴的,但贪官何中良动机多多,让我和我妈不高兴了。

练了半个钟头,海萍和朵儿要回家去了,海萍说,何小鱼,你饭还没吃吧,赶紧回家去。

何小鱼往那条石凳上一坐,说,我要等他回来,她们不让我上去。

小区花园里的灯已经亮起来了,小男孩的眼睛里闪过光亮,说,Bye。

二十六

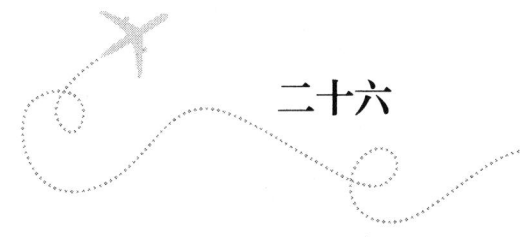

吴佳妮在楼下遇到海萍,海萍正推着车从外面回来。她们打了个招呼。海萍问了一句:你和老金谈过了吗?

吴佳妮先摇了摇头,又说,打过一个电话,话还没说清楚,就被他揿掉了。

海萍同情地看着她,劝她别急。海萍忧心的样子让吴佳妮心里有些温暖。吴佳妮说,我和他没法沟通,话都无法允许对方说完,这事三言两语又说不清楚。

海萍说,要让他听明白,我觉得这事不如让别人先去讲清楚,别人讲他会觉得客观一些,冷静一些。

吴佳妮点头,说,这是对的。

吴佳妮带着女儿,去了金志明的妈妈家。

前婆婆见前媳妇带着孙女回来了,又拘谨又欣喜,虽然知道吴佳妮是无事不登三宝殿。她搂着琴琴,差点老泪纵横。

她到厨房里去找吃的,找了半天也没找出什么来,最后她摸出两个鸡蛋,说,就烧碗糖水蛋汤吧。

吴佳妮说,妈,别客气,你别在厨房间里忙了,琴琴要中考了,所以忙得连来看你的那点时间都没有,现在好不容易来了,你就别钻在厨房间里了,赶紧和小孩子说说话吧。

婆婆说,也是也是,我先烧碗糖水蛋,你们先坐。

吴佳妮心里急,就夺下蛋说,我们又不是从灾区来的,你别烧了。

婆婆以前不是个好说话的人,媳妇的一句话她会想半天,然后找一切机会对儿子抱怨。现在儿子媳妇分开了,她就不细腻了。所以,此刻婆婆就没理会吴佳妮的快语。她拉着琴琴坐到沙发上。她说,琴琴要中考了,怎么转眼就中考了?

吴佳妮笑道,小孩子长长是很快的。

婆婆点头说,是很快的是很快的。

婆婆就想起来,他俩离婚都有四年了。她知道这前媳妇现在还是一个人,她瞟了眼吴佳妮,发现好久不见,她也老了不少。虽说这婆婆以前不太喜欢这儿媳,但知道一个女人带着个孩子是很累的,所以突然觉得是儿子不好。

电视上正在放《喜羊羊和灰太狼》,琴琴像所有中学生一样,平时不太有时间看电视,所以看得挺专心,她听见奶奶在问，这些小朋友头上怎么长着角呢？

琴琴说，这是羊，不是小朋友。

这会儿，吴佳妮把琴琴最近考试的成绩单从包里拿出来，给婆婆看。

婆婆拿着这纸，瞅了半天，说，我眼睛很不好了，琴琴，你读给奶奶听。

琴琴脸红了。吴佳妮赶紧拿过来，读出声：语文92分，数学81分，科学75分，英语112分。

奶奶很高兴，说，蛮好，蛮好。

琴琴说，不好，科学是150分的，数学是120分的。

吴佳妮觉得该赶紧说，于是她说，按这分数，琴琴中考比较险，可能要读职高了。

婆婆听了，张大了嘴：是吗？

她知道重高、普高和职高的区别。她转脸看着琴琴，脸上生出一丝焦虑。

吴佳妮说现在干着急也没用，这成绩也不是一天两天就能发生质的变化的，我们琴琴理科是短腿，所以就要想办法，要赶紧想了。

这么说着，吴佳妮心里突然对金志明很生气。她想，每天傻乎乎地守在校门口看孩子有什么用，该想的不想，该做的不做，是不是男人？

吴佳妮这样想着，也就不管三七二十一把自己的打算告诉了前婆婆。

婆婆虽然老了，但在这事上理解力强到出人意外。吴佳妮只把关键的动机说了两遍，她就明白了。她坐在沙发上，眼睛盯着荧屏上那些小羊小狼，五秒钟后，说，这是个好办法。

吴佳妮正要高兴，哪想到婆婆突然间好像意识到了其中的不妥，她说，但志明不会同意，他会受刺激的。

为什么？

前婆婆没正面回答这问题，她说，志明这两年身体不好，你不要刺激他了。

受刺激？吴佳妮想，我受刺激还不够啊，你儿子受点刺激怎么了，还不是为了琴琴？

前婆婆好像知道吴佳妮在想什么，她看了一眼她，心想，他没了老婆，现在他要是再觉得女儿也是别人家的，他会过不了这关的，别刺激他了。

婆婆抚着孙女的头发，说，奶奶是同意的。

吴佳妮带着琴琴走出金家，她们穿过了一条杂乱的小巷，去街边坐公交车。这一天正是圣诞节，各种灯饰点缀着商家的橱窗，公交车站旁一家时装店里正在搞促销，琴琴指着一款红色的长风衣，告诉妈妈，如果她穿着这个去参加家长会，超级拉风的。

吴佳妮说，是吗，这好像不是妈妈这个年纪穿的了吧。在人来人往的街边，她突然有些情绪涌上来，她稍稍俯下身，对女儿琴琴说，还是妈妈给你买条围巾吧。她们挑了一对缀着毛绒兔子的围巾和手套。琴琴戴上它们，很卡通的样子，吴佳妮伸手过去，捧了一下女儿红通通的脸庞。女儿的小脸在自己的手掌里就像一支小蜡烛。从女儿的头顶上方看过去，店外的人民路上灯火灿烂，望过去就像是一条缀满了珠宝的路途。吴佳妮从走出金家那一刻就憋在眼里的泪水终于流下来，她想，这不是告诉我有路吗？

吴佳妮找到同乡老海，请他同老金聊聊。老海是当年吴佳妮金志明恋爱的介绍人。所以他觉得自己愧欠了这对没缘分的人。

老海找了老金，回来对吴佳妮说，这不靠谱，他还以为我被你骗了，老金说以后涉及你的事，千万别和他提及，否则不做朋友了。

他们站在省老龄委大院门外的街边，说着这事。快到元旦了，路边梧桐的叶子已经落尽，有几位工人在往路灯杆上挂一串串红灯笼，它们在北风中摇摆。老海看见吴佳妮的头发也被风吹起来，拂过她脸上不知所措的神色。这令他觉得人生如梦，自己当年犯病，竟然撮合了他们，如今一团团理不清的麻线，起源竟是自己当年的热心肠。

于是老海叹了口气，对吴佳妮说，其实，小孩子留学的事等她大点了再去也行啊。

吴佳妮的脸上像被疾风掠过，她说，不行，我想让她走，越快越好。可能她也觉得自己的说法有些蛮横，就笑着补充道，早去早适应，这儿没什么可留恋的，脏不拉叽的。

她的倔劲让老海琢磨了一下她话里的意味，它们像风通过街道，似乎无形但清晰漫卷。老海说，那么，我觉得最好请与你俩都没关系的人去劝老金为好，旁观者最好，这样才会让老金明白这对琴琴是一个机会，非常难得的机会，真的是个机会。既然琴琴是他的宝贝，他终会知道这样做的必要性，这样的选择是客观的、理性的，而不是想甩了他这个亲生父亲。

吴佳妮又来找方园海萍。

对吴佳妮的请求，方园夫妇大吃一惊。

他们说，虽然我们一直住在你们楼下，老金见我们会觉得面熟，但这事由我们去做工作会不会太唐突？要他同意女儿过继，要他不做这个父亲？我们是外人呀。

吴佳妮这些天和海萍有较多来往，知道她的软心肠，所以她直觉海萍会肯的，所以她说，对于他，我现在也是外人呀，只有更外的外人才是更好的，陌生人的说法才没有动机，有时候亲人还不如陌生人更可信。

在他们说着这些的时候，小女孩朵儿在里间做作业，她竖着耳朵在听。

她想起了那个站在街对面的胖叔叔，那只毛绒玩具，那颗榴莲，还有低着头向校门口磨蹭着过去的琴琴……她觉得这事怪怪的，像前些天同学带到学校来的怪味糖，酸酸甜甜辣辣麻麻，说不出来的滋味，她甚至在心里可怜他，为他捏了把汗。

方园给金志明打了个电话,说,金先生吗?你可能不认识我了,我是你原先楼下的。电话那头,一个很洪亮的声音在说,知道知道,是我女儿同学朵儿的爸爸,知道知道。

方园说自己想装修一下房子,知道他在建材公司工作,想请教一下。

那头爽快地回答,没事,我找人给你打折。

方园说,谢谢,谢谢,我们想先了解一下什么材料安全,这里名堂太多了。

那头说,对的,对的,名堂太多,你们找我是找对了。

他们就约了地点,面谈。

方园和海萍坐在"米兰茶馆",金志明坐在他们对面。

茶馆里光线幽暗,一个女孩穿着唐装在远处弹着古筝,三杯绿茶在面前升腾着水汽,他们的寒暄也散发着莫名的亲近和热气,这完全是因为没在场的朵儿和琴琴的功劳。

老金说,你们朵儿是个好小孩,很懂事的,还帮我带东西给我家琴琴呢。

海萍笑道,好像是的,是一个榴莲吧。后来,你们琴琴还送了一瓣下来给朵儿,你们小姑娘很乖巧的。

其实,最初海萍不想跟着过来,但方园的意见是最好你一起去,因为初中同学母亲这一角色可以使劝说更入情入理。

三个人起先聊了一会儿建材中的奥妙,现在假东西太多,得防污染,防辐射。老金说,家里有小孩的人家现在都很重视,有些东西你都不知道他们做进去了什么,有时候连我们干一行的都不知道,到时候我会列一张单子给你们的,基本可以放心。

说到了孩子,方园觉得正好到这个话题了,他问老金,你家琴琴成绩还好吗?

老金说,应该还行吧。

海萍赶紧说,过了春节,只有三个月时间就要中考了,这一阵子小孩真苦,全中国可能最苦的就是他们了。

老金笑着点头,说,是啊,是啊,是太苦了,我们琴琴都已经有些近视了,听说每天做作业要做到深更半夜。你们家的几点睡?

海萍说,每天都快12点,初三生都是这样的。你家琴琴准备冲哪一所重高?

老金笑道,前七所哪一所都行,女孩子嘛,只要能进重高,别的不做要求啦,学校排名无所谓。

方园也笑,说,这已经是很高的要求了,你知道吗,那些民办初中都在对学生进行魔鬼式训练,听说他们今年延迟放寒假进行集体补课,我就怕朵儿琴琴他们学校今年被民办初中距离拉得太开。

老金说,早知道这样三年前就该让琴琴上民办学校,是她妈舍不得,说舍不得这么小的孩子住校。

海萍说,是舍不得,我们也舍不得啊。那么小的小孩,住进去,那里像个修道院,一天到晚考啊考,排名啊排名,心理强一点、天资好一点、马大哈一点的,还行,但如果女孩子在意一点、敏感一点的,加上一整天下来又没人倾诉,心理会有问题的,所以是有风险的。

老金叹了一口气,说,就是就是,中国教育是很成问题的。

面前的茶叶在玻璃杯里舒展开来,空气里有点焦虑。有那么一会儿海萍自己也在走神。她想,朵儿在家里一个人在做作业吗?她可别去玩电脑啊。

那边的古筝演奏已经结束,上来一个男生,穿一袭白衣,拿着一支长笛,吹起《城里的月光》,悦耳的音符在四壁间弹跳,是以前从没听过的感觉,海萍想象朵儿吹长笛的样子,小女孩功课太忙了,进入初中就放弃学钢琴了,这几年她还会打开琴盖弹一下吗?

老金端起茶杯,对着杯口吹了一口气,他说,有时候想想,就这么一个女儿,没病没灾健健康康的就行啦,考不上好学校也行。

方园说,我们也这么想,但这么想又怕以她今后的生活质量为代价,我们大人过得不好还行,反正这一辈子也就这样在过了,但就怕小孩将来过得不好,所以人人都在抢跑,你不跑的话,除了定力,还得有别的路子呢。

老金和海萍都笑了,他们点头说对呀对呀,所以人人都在让小孩子冲锋,心里都明白着,都苦着,但还得冲,我们又不是富二代官二代,只有分数才是武器。

方园刚想点正题,哪想到海萍把话岔开去了,海萍说,女生主要是怕考试时理科发挥失常，所以只要咬住数学、科学，就差不到哪里去了。

老金说，是这样的，小女孩学理科是比较吃力一点，这事说起来挺不公平的，青春期的男生女生思维是有区别的，小女生形象思维强一些，文学艺术感觉好一些，但现在考试可不管这些，男孩女孩被当作一个样，放在一起排名，理科分值大容易拉分，所以对我们的女儿们来说就吃力一些。

他摇了摇头，有点滔滔不绝起来。他说，现在有些大学自主招生，我发现所谓的素质教育标准也有问题，你城里小孩会弹钢琴会欣赏歌剧会说点艺术论点天下就是素质，我农家小孩会插秧会烧饭会帮爸妈照顾弟妹懂得心疼爸妈挣钱不易就不是素质了？为什么呀？所以，现在农村孩子越来越没门儿了。

老金发现方园在频频点头。在某一个点上，所有初中生家长可能都是天涯沦落人。

海萍生硬地问老金，你了解琴琴的学习情况吗？

老金看了一眼窗外，胖大的脑袋好像在想着什么，他说，琴琴具体的学习情况，她们是不和我说的。他把茶杯放下，又拿起，好像对自己的处境有点难为情。

方园赶紧把话题拉过来，他说，听说她好像在考虑出国。

老金明显一怔，他眼睛睁大了一下，说，切，她胡来，她吴佳妮有什么钱？这两年生意难做，我也没钱。

方园说，如果能出国就是一条路，至少可以缓口气，不用拼得那么狠。

老金瞟了眼方园说，但是哪有钱啊？

老金看着面前的这对夫妇，心想他们居然相信他的孩子能够出国，不知他们从哪里听来的，真逗人。他不由自主地提高了声音，说，如果能出国，谁不想出去，考上重高不读也要出去。

老金告诉他们，其实即使考上了重高，后面三年高中，等待小孩的还不是这样继续题海，继续考试机器，没完没了，苦到让人这辈子对读书烦了为止。

他说得这么决然，海萍差点觉得自己在梦里。她对着老金点头自语道，考上也不读？

老金说，有条件出去的话，当然出去，再说，出去也不完全是为了读书这事，这谁不懂，只是我们没条件。

方园赶紧说，但是琴琴妈告诉我，你们琴琴还真的是在准备出去，她说琴琴考不上重高的可能性大。

老金脸上掠过一丝激动，他说，你听她瞎说，她不就有个姐姐在国外吗，她姐姐在国外又不是她在国外，琴琴怎么去读？

方园说，就是她姐姐在国外，她才有勇气去想这个事呀。

海萍赶紧把吴佳妮如何想把琴琴过继给她姐的事，用最简洁的言语告诉老金。她说完，发现他在这个过程中没有插话，所以估计他应该听懂了。

老金一只手在不停地转动茶杯。他的眼睛看着天花板，那里缠绕着塑料的葡萄枝叶，碧绿繁盛，像真的一样。

老金说，你知道吗，吴佳妮安的是什么心吗？她当年和我争小孩争得头破血流，结果孩子判给了她。你说说哪有女儿判给妈的，谁知道她再婚的话找个什么货色，我女儿安不安全……

老金的话像是火箭，喷着火焰穿到往事里去了。很快老金发现自己说远了，赶紧把火力拉回来。他仿佛面前坐着吴佳妮，用手点着这对夫妇说，现在她又有主意了，什么留学，她是想一步步把我从女儿身边抹去，彻底抹去。

他的声音大起来，他说，按规定，每两周我可以去看小孩一次，但她总是推说小孩在补课，不在家，等到没在补课，她又说小孩在做作业，怕我去了让小孩心静不下来……结果，她把我探望女儿的时间变成了一个月一次，本来一个月我们父女俩可以聚一次吃一次饭，但她又说，小孩要补课，周六周日都没时间，连晚上都没有时间，屁！

吴佳妮，就是个小心眼的女人。老金说，她越是这样，我越要盯住她，看她到底想玩什么花招好让我气死。

老金的头发都竖起来了。他说，吴佳妮以前自己在外面乱来，应酬到很晚都不回家，她现在怎么对小孩那么好了？

她凭什么要我放弃当爸的权利，她凭什么要我不当这个爸？我告诉你，爸不是可以放弃得了的，除非动物才不认亲。我告诉你。

海萍向服务员招了招手，说自己还要一杯冰水。海萍把杯子递给他，想让他冷静下来。海萍轻声说，小孩过继给她姐，她自己不也不当这个妈了吗？

老金冷笑道，她本来就不配当这个妈。她想着让孩子出国，甚至连这种念头都想得出来，要小孩不认爸爸，你说她是什么好人?

方园赶紧打圆场,说,老金,她也是心急。

老金说,她以为就她在为孩子想,难道我就没为孩子想?

方园说,轻点声,我们只是随意扯到这事,这是你自己家的事。

老金说,我自己家?我家都没有了,你说哪里还有一个家?现在我连爸都快没得当了,你说这还有一个家?

海萍说,也许我们多嘴了,血缘是摆脱不了的,永远割弃不了,这个你放心,现在这个提议只是个技术问题。

老金咕咚咕咚把一杯冰水都喝下去了,他好像安静了一些,他说,也许,对你们这样的情况来说,是技术问题,但对我来说,是个大问题,安全感的问题,永远失去宝贝的问题,因为我是离婚男人,一不小心,全没了,家没了,老婆没了,连女儿也没了。

海萍突然觉得眼前的这男人让人心软,她说,你说得也对,你们情况比较复杂一些,只是,我们和吴佳妮琴琴楼上楼下的,我知道点情况,琴琴成绩不好,考上重高的可能性较小,如果去读普高职高什么的,本身也没什么,人家不是也在读吗,但现在既然她有国外这么一条路,做妈的总有个盼头,想让女儿过得好,她心疼女儿,想让她以后不像我们这样过,想给她一个好环境。

老金说,就她本事大,难道我当爸的就没本事吗?

海萍说,吴佳妮现在有路,不是说你没路。她这几年一个人带着孩子不容易,这我每天都看到的,相信你心里也一定明白的,所以你才会不好过。现在她想让孩子出去留学,她心里会不纠结?按理说最难过的是她,相依为命的母女,她肯撒手,完全是为了琴琴,她心里最舍不得的,却最下决心撒手,这是当妈的才会懂。否则我还真的不会管这事。

她发现老金像个小孩一样看着她,他说,我会管孩子的。

海萍说,会管的,当爸的都这样说,但要有具体计划的,钱呀,考不上好学校的话想择校的关系、路子呀……

方园觉得海萍说得太直接,他赶紧打断,说,老金,即使要出国留学,其实也没那么容易,再过四个月就中考了,如果到时考得不好再去张罗出国、择校什么的,就会晚了一年,小孩子有几个一年,今年15岁,以后就再也没有了。

老金突然生气了,他说,人家也没都出国留学呀,不出国会死吗?琴琴出国,一定要不认爸妈才能出去,这是出国,还是生离活别?人性都没有了。屁,别想!

他一挥手,站起来,他朝那边喊,买单,买单。然后扭头对这一对以前住楼下的夫妇说,我知道了,你们就是冲着这事来的,我不听,不听,不听。

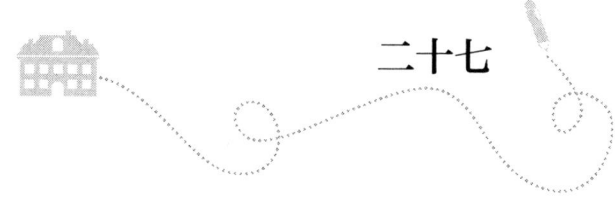

二十七

海萍后来好好回想了那天自己和方园对老金说过的每一句话,她觉得基本上都入情入理,老金听不进去那是因为他特异的处境,至于道理本身,可以说,甚至句句讲到了她自己的心里。

所以,在她脸前晃过吴佳妮、金志明、琴琴这曾经的一家三口各自闪烁着难言之隐的眼神时,她也会想起自己女儿朵儿是否还准备留学这个问题。

她在银行上班,每年这个时节,国际业务柜台前不时有人来办理外币转汇,他们中的不少人是在为子女留学寄汇学费,汇往英国、美国、澳大利亚、加拿大……从她这边柜台望过去,那些人层次不同,衣着各异,有熟练的,有懵懂的,有不停询问的,有小心翼翼生怕工作人员搞错的……往年他们与海萍关系不大,但现在，他们好像牵引了她的注意力。

从这里到那里不到30米，他们像一群流动的市井剪影，披挂着不同的尊卑沧桑，演示着此刻共同意志的交结点。在这边，听不清他们具体在说什么。他们在那里张罗，神神秘秘的样子。夫妻俩往往结伴而来，一个填写一个核对，偶尔默契对视，偶尔相互埋怨，当然，也有的好像彼此才生过气。当他们离开那里时，好像都舒了一口气。

海萍觉得与其说他们在汇款，还不如说他们在存款，把一笔钱存进去，存到了某个虚空某个彼岸，好让后代去取用。

他们身后的银行落地玻璃门透着一个大时代的街景，这时代永远宏大、快捷、迅速，甚至来不及掩饰了，而来银行这里的人永远都小心翼翼的，像生怕搞丢了、搞错了各自的钞票，所以永远是过日子的身影。在大时代叮嘱自己过好小生活，海萍发现自己在羡慕他们，羡慕他们那舒了一口的脸色。

海萍又想起了潘天浩，自己在澳大利亚的哥哥，叔父的亲生儿子。

今天海萍单位加班，回到家有点晚了，方园已经随便煮了点意大利面，和女儿朵儿吃过了。

朵儿在做作业，小女孩见妈妈回来，就撒娇地奔过来，黏在妈妈的身边，掐掐妈妈变胖的腰，说，大肥肥。

妈妈从包里拿出了一只粉红色的手机外壳，说，给你。

朵儿稍稍摆弄了一下，就很自觉地丢在沙发上，去做作业了。朵儿说，今天作业太多太多了。

结果朵儿做到了晚上11点半，还没有收摊的迹象。于是，像往常许多个晚上一样，方园在电脑上用"百度"帮女儿寻找有些题目的解答方法。

做到12点，女孩朵儿还没做完。方园说，囡囡，要不算了，不做了。

囡囡的眼泪就下来了。这一阵海萍发现女儿晚上睡觉前总是要哭一场。她就有些怪方园多嘴。这么哭一场，接下来怎么睡啊？

海萍说，不要紧，再做两题，你做不完别的同学也不一定做得完。

朵儿说，我要做完。

海萍用手擦去她的眼泪，说，乖囡。

女儿趴在桌上继续做。这一阵她在临睡前总想哭一场，感觉一天下来非得这样宣泄才行。

海萍又怜又疼，心想，我们幸亏没去读住宿的民办学校，至少她每天还可以对妈妈哭一下。

女儿一边在往纸上推算着题目，肩膀一边在动。海萍知道她又在哭了。海萍不知所措了一阵，心想，无论如何今晚在这里要停下来了。她搂着女儿的肩膀说，我们不做了，随便它去。

女儿一边抽噎，一边告诉妈，最近这一次模拟考，数学科学考好了，但语文砸了，只排到了110名。

方园在那边装作大惊小怪地说,这不是很好了吗,比上次前进了七八十名呢,应该高兴才是。

女儿还是不肯去睡。海萍说,那么这样吧,我和你爸帮你把没做完的选择题都做好,其他题目做好写在白纸上,你明天早晨把它抄进本子,好不好?

小女孩点头,这才站起来去洗脸。

这一晚,小女孩躺在床上,睁着刚才哭泣过的眼泪,像一朵令人心疼的花蕾,一下子无法睡去。妈妈海萍蹲在床边,关了灯,轻轻地说,小时候囡囡最喜欢听妈妈讲故事,妈妈讲的那个星星会落在小孩子眼睫毛上的故事,囡囡最爱听,所以把眼睛闭起来,别去想作业和考试了,想星星会一颗颗落下来。

小女孩朵儿显然不想听什么故事,她突然坐起来,对妈妈说,妈妈我明天不想去上学了,可不可以?

海萍抱住她的小肩膀,把自己的脸贴在这小脸膛上,她再一次感觉到自己的女儿其实还很小,她心里有空旷的疼痛。她说,好的,明天我们不去上学了。

海萍大声说,请假,说病了,我答应的。

后来海萍对单位的同事们说,如果遇到这样的情况,一定要答应,没理由地答应,因为要让小孩子知道家是可以退的地方。

等女儿睡着了,海萍轻轻退出了主卧室。她掩上门,开始和方园一起做女儿剩下的作业。

方园继续用"百度"搜答案。查着查着,他感叹起来:是谁发现了这个办法，用百度搜答案，一搜一个准，而且有那么多热心人在网上做习题，他们是为自己的孩子们在做的吧，他们一定不是孩子，一定是家长，他们真的是好心肠，他们一定和我们一样，他们简直和雷锋一样了，他们一定深深同情小朋友，所以把答案拿出来共享。

方园一边说，一边想象着这夜幕下，这无边无际的天地里，有多少人和他一样，正在网上做着查着，彼此未曾谋面，但心心相通，了解那些小小的人儿人生最初的焦虑恐惧和他们眼角边的小泪水，他们是各家的宝贝，怎么心疼都来不及，所以一起上阵吧。

方园在说什么，海萍根本没心思听，一方面她在帮助做语文题，另一方面她在想，明天朵儿不去上学了，自己要不要也请假在家陪她。

她决定不陪，她知道小孩子只是需要喘口气，恢复一下，她就会好的，后天一早她就会去上学的。她了解女儿，这大半年来女孩子一口气地懂事起来了，要不然，也不会那么在乎分数的。

海萍做着做着，发现多数题没把握，那些阅读主题归纳及近义词区分，她也辨不清楚了，她觉得有些词语在不同的语境中好像都说得通，难道它们真的必须进行区分吗？

他挖空心思只为（牟取/谋取）那些名利

你作为他的助手，应对他的工作多加（辅助/扶助）

他（扼制/扼止）心中的怒火

……

她就要去查电脑。但方园在用电脑。她就问,你说这个和这个到底有什么样的区别?

方园皱起眉头。她读了两遍题,他好像都没听明白,窗外已是深夜了,他那眼睛定定的样子是不是也有点困了?

他摇头,说,不知道。

她笑了一下说,咳,你还学中文的呢,再让你去考一次高考,保准考不上。

他说,切,别说高考,就是考初中都不一定考得上。

他们就不再说话,继续做女儿的作业。这真是荒诞的一夜,因为做着做着不仅发现自己比中学生还笨,还发现自己当年学的那些东西怎么在大脑里消失得无影无踪了?

其实今天方园下班回家的时候,可没想到自己做不出来的是这些数学题语文题,而是另一道女儿早上突然想到而布置给他的题目。

当时女儿一边咬着馒头,一边说,爸爸,什么是"文革"?

方园说,这是十年动乱,是历史上的一个错误。

方园想,用这样说法,去应付中学生在学校里需要的说法应该没事了。但哪想到小女孩今天早上对这事突然有了兴趣,她追着问:到底是怎样的一回事,你说清楚点。

方园说,你要问这个干吗?

小女孩说,我看见电视里、报纸上最近老是有这个字,就不知道这到底是什么。

方园说，老师没说过吗，历史课不说吗？

小女孩好奇地看着他，脸上有平时早晨难得的专注，她摇头，说没说起过，这到底是什么事？

方园想对女儿开讲一下，但发现还真的讲不清，因为也没人清楚地对他讲过，或者说清晰地、简洁地讲个来龙去脉。

看方园支支吾吾的样子，小女孩说，那么，在你下班回来的时候，给我讲清楚，我规定你。

女儿朵儿那样的表情，像个上课时向学生提问的严肃老师。

结果方园在单位里把这事当作幽默，他说，我女儿要我今天下班回家给她讲清楚什么是"文革"。

同事们哈哈大笑，觉得挺逗。他们在议论这事。他们说，现在课上不说这些的？他们说，现在好像除了中考的四门课以外，别的都不怎么说。他们说，现在好多东西不知道也没什么。

方园觉得自己的女儿总的来说不是个好奇的人，一般不问这些事，毕竟是个女孩子，性情上不关心这些。除了有一次，还在上小学，星期天和她在江边看到一块新碑，是纪念某战役国民党抗日阵亡将士的。当时女儿歪着脑袋想了半天，回来的车上，她突然问爸爸这个国民党是好的还是坏的。方园问她怎么想到这样的问题，小女孩告诉他课本上、电视剧里还有刚才的那块石头上，为什么说的都不一样，到底是好的还是坏的？

每到被女儿偶尔问起的事难住，方园就庆幸自己不是中学老师。在这样一个转型的时代,一天一个说法,自己都搞不清其中的信息和价值变化,你怎么去向那些喜欢提问题的中学生说清楚呢?这么说来,还真的佩服那些中学老师,他们是怎么招架的啊?所以,真心不希望那些小孩问啊问的。不说,有时候是最好的。该明白的总有一天会明白的。这么想的话,还幸亏现在小孩有应付不过来的考试,要求他们管好语文数学英语科学这四门课是头等大事,别的先别管了。

方园这么想的时候,海萍在认真做下一道题,这是道阅读题,讲的是一个温暖的情感故事,后面出的题目是:"他目光温和地看着她,心里有特别的滋味",这里的"滋味"是咸的、甜的、淡的,还是无法道明,为什么?请写明理由。

海萍的感觉依然是:都可以,你又不是"他"肚子里的蛔虫,你怎么知道一定得是什么味?又不是化学题,什么味不可以?

海萍打了个哈欠,对方园说,不做了,我不做了,这么做会做成一根筋的,我们读书那会儿好像也不是这么考的。

方园还不想收摊,因为他知道明天一早女儿看见还有题空着,会急的。方园说,你先去睡吧,我要做好它。

海萍就去睡了。她轻轻地走进了主卧,女儿轻轻地打着呼,黑暗的房间里,是宝贝自婴儿起海萍就熟悉的气息,仿佛奶香。海萍突然想哭,她向女儿凑近去,从窗帘外透进来的路灯光,映着小女孩进入梦乡的脸庞,好像天真懵懂,好像随时会被惊惧。这小脸好乖,每天要记住那么多的题目,海萍瞅着它,低头亲了亲，心想它快变成超能记忆棒了，真不容易。海萍想起14年前自己躺在产房里，护士抱着她来给自己看的那个下午，囡囡哭啊哭，红嘟嘟的脸皱成一团。这情景近在眼前。她还想起，11个月的时候，囡囡坐在脚桶里洗澡，肉乎乎的，双手不停地挥动，嘴里嘟嘟着：小鸟飞。小脸笑啊笑。在此刻深夜的房间里，海萍心里涌动着说不清的滋味，她想起刚才的那道题目："这里的'滋味'是咸的、甜的、淡的，还是无法道明，为什么？请写明理由。"

她想，让那些出题的人也去做做看。

海萍就是在那天夜里决定给澳大利亚的哥哥潘天浩发个邮件。

二十八

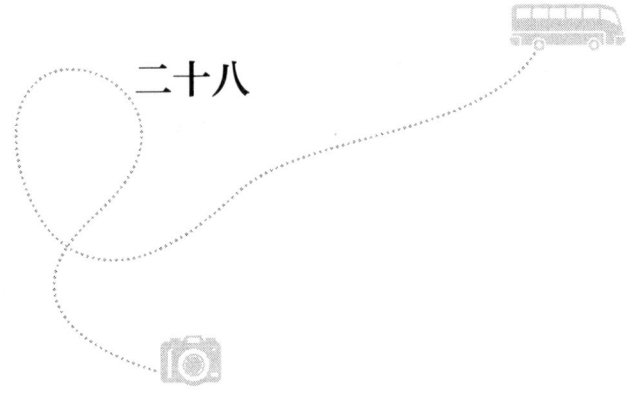

　　12月7日那天早晨方园突然想起来,按原先的电话预约,后天是父母去美领馆签证的日子。

　　中午,方园向单位请了半天假,说回家去帮助两位老人准备一下。

　　他骑着车往城西去。事实上,最近每次回家,他和父母已经很少提及与美国、方芳相关的事情,好像都在回避那个话题。

　　即使是在这冬阳照耀的中午,想起这事,心里好像还有不知所措的隐痛。不知所措是因为无法感知这隐痛的走向,以及它可能还将波及的地方。

　　方园骑过市民广场的时候,看到有人在放风筝。他想,印象中只有春天的时候才放风筝,怎么现在就开始放了?

一只"老鹰"在空中攀升，方园听到了风笛发出的声音。方园想，会不会爸爸突然不去签了？

他立刻又否定了自己的猜测。因为签证费已交中信银行，每人九百多块呢，不去的话这钱就丢进了水里。老人舍不得钱。所以他们会去的。

应该去签。方园想，签了再说，至于什么时候去方芳那里，反正到时还可以再做决定。

他骑过燕子街的时候，大街中央正在挖路，挖掘机轰鸣，他听到了心里的烦躁。他好像看到了眼下的情绪就像这条街，本来还好好的，非搞得碎石一地才走。他觉得最初是自己无法遏制似的把这一家人带到了这里。他想，我今天一定要心平气静。

推门进去，看见父亲靠在阳台上的小沙发上，好像睡过去了。

他身上盖着的厚毛毯使方园不由自主地问妈妈，爸爸没生病吧？

妈妈正在看报，她说，还行，就是这两天胃口不好。

妈妈没问他怎么今天中午就回来了，而是问他有没有吃过午饭。方园说，都快两点钟了，哪会没吃午饭？

方园环顾四周，没有什么资料袋、文件夹、行李包进入视线。他来的时候就打定主意，得让妈妈爸爸来提签证的事，自己先不问起，省得不知他们心里的底牌，到时候又会为一点小细节争半天。

结果爸爸在阳台上打盹，妈妈坚持不懈钻进厨房给他烧一碗酒酿圆子。方园趁妈妈在厨房里，悄悄地进了他们的卧室。他打开大衣柜里的抽屉，他们的各种证件都放在这里，但方园没看到那两本护照。

他想他们一定拿出来放在包里了，因为后天要去签证。

这时候，爸爸突然颤巍巍地进来了，他说，方园，你在这里呀，囡囡来了吗？

方园扶着柜门，对爸爸说，囡囡今天要上课啊。

爸爸说，哦，你在找什么？

方园把柜门合起来，说，找一件衣服，我记得好像放在这里，但没有。

爸爸说，我给你找。

方园说，别找了，不在这里。

方园坐在餐桌上吃酒酿圆子，爸爸妈妈分别坐在他两边。每次回家他们一般都这样坐着聊天。按他们出一趟门要想半天的性格，本来今天该聊的是后天的签证，几点钟去啦，要不要带点吃的啦……但今天他们没提这个。

所以，方园忍不住了，就说，后天你们不是要去签证吗？

爸爸说，哦，是的，这事我们会去办的。

妈妈说，不就去一趟美领馆吗，我已经向隔壁陈老师打听过了，很简单的。

爸爸说，像我们这样的情况，是不会被拒签的，所以方园你放心，一百个放心。

妈妈说，我们反正已约了号，不和别人抢先后，慢慢来，所以你放心，就当我们去西郊公园玩一趟。

方园心想，就是嘛，签了再说，估计他们现在不会去方芳那儿，但以后总归要去的，不能因为现在生气着，就把签证费给丢了，以后还要重新打电话预约也很麻烦。

二十九

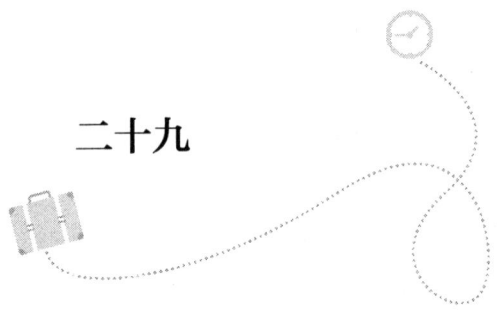

星期六傍晚,海萍一家听见有人在前面的楼下叫叫嚷嚷:

"13幢502的柳芳是个小三。

"502的小三,你开门。

"我告诉你们,502的柳芳是小三来着的。

"502,开门让我进去。

"我爸不在?我爸不在,我也可以进来。

"502柳芳是个小三,我只看一下毛毛头就走,你有什么好怕的。

"我爸不在,你这小三就不让我进门了,我又不会害小宝宝的。

"小三,小三。"

……

许多人把头从自己家的窗口探出来。朵儿也张望了一会儿，回头对妈妈说，是何小鱼。

何小鱼在楼下喊。他不停地揿着单元门上502的门铃，对上面的人喊。他的声音在傍晚时分的小区里显得很彪悍，像个中年男人的声音了，其实还是个小孩。

他不停地要求502柳芳开门，他把家事张扬到了大半个小区里。

柳芳抱着孩子，坐在窗帘后面，眼泪都快流干了。她妈站在门旁的对讲机边，对楼下的何小鱼说，你爸不在，家里只有小宝宝……

何小鱼不屈不挠，说，我看一下就走，有什么见不得的，当小三的，有什么见不得的，让我进来让我进来让我进来。

这边，海萍赶紧把朵儿拉离窗边。海萍说，你去做作业你去做作业。

朵儿一边做作业，一边竖起耳朵。听着听着，她感到了悲哀，她在心里盼着何小鱼赶紧回家去，这么做真的很丢脸。

何小鱼还在叫：柳芳，开门，你今天不开门，我站在这里一直等着他回来。

不一会儿，柳芳她妈的声音就出现在楼下了，她好像只会说一句话，你别说了，你别说了。

她一边叹气，一边哀求这小孩别说了。

有这单元别的住户从门里出来，何小鱼一个箭步蹿过去，想往里冲。柳芳她妈赶紧一把拉牢电子门，关上。何小鱼的手臂被铁门框重重地擦着了，血在流下来。

何小鱼哇哇哭起来，柳芳妈吓着了，她说，我给你拿创可贴。她往小区的小店里跑。

趁这阵子，何小鱼一边哭，一边骂，他说，502的柳芳是小三，小三想让我去留学，我他妈的干吗要走，你有了小宝宝就想赶我走，你赶走了我妈，还想赶走我，502的柳芳是小三来着的……

那些探在窗口的脑袋现在都缩了进去。好像所有人都在回避，破碎的事穿窗而入，这些年好像吃不消听人家的事了。除了心烦，还有尴尬。于是小区在这傍晚时分好像安静得一点声音都没有了，像鬼子扫荡，突然就这么着没了一丝人烟气。只听见何小鱼继续骂他爸和柳芳，他说，让我去留学安的是什么心，我告诉你，小三，这家里的东西有小宝宝的份，就有我的份。

海萍把窗户关起来，她好像看见这可怜的小孩身后还站着他悲哀的母亲。声音还是从阳台上传进来。海萍看出朵儿神色不安的样子，就说，你这同学，小孩管大人的事，有得留学了还想这么多干什么。

何小鱼边哭边骂的声音越来越沙哑，柳芳的妈在楼下安慰他。她说，别哭了，别哭了。她说，快回去了，快回去了。

何小鱼开始哀求：我就进去看一下，我就进去看一下，看一下马上就走。

哀求没用,他就坐在单元门对面的路灯下,他对周围的楼宇大声说,何中良是个贪官,他不贪怎么有钱送我去留学?

何小鱼的声音,在这个多数住户不相往来的小区里,像一道跌宕起伏的荒诞闪电。他说,何中良娶了小三,还有钱送我去留学,他多有钱啊。

他对着楼宇上方暗灰红的天空,说,他多有钱啊,他们巴不得我去美国,巴不得我离他远一点,我告诉你,没门!

海萍抱着实心球,对朵儿说,我们下楼去练一会儿,顺便也劝他一下。

朵儿起先不肯,因为她觉得这太丢人现眼了。后来,不知怎么一想,她说,何小鱼还没吃饭吧,要不我们给他送个泡面去。

朵儿想起来何小鱼最爱吃泡面了,他常带个泡面到学校来,瞒着老师当午饭,而不去学校食堂吃学校的快餐。中学生大都爱吃方便面,这是因为家长经常不让他们吃。所以何小鱼的泡面,总是令人闻风而动,朵儿他们你一勺我一勺地从他那里抢。这是学校中午比较快乐的时刻。

海萍就从柜子里拿了碗"红烧牛肉干拌面",泡好,让朵儿端着,一起下了楼。

小区的路径上几乎没有人影,寒风拂面而来,路灯清辉照耀,不时有猫从冬青的阴影里走出来,跑到对面的树丛里去。海萍看见何小鱼身边只有柳芳妈一个人。柳芳妈在查看他的手臂。

路灯拉长了他们的影子，像一对奇怪的家人。

其实何小鱼以前根本不认识这大妈。所以，现在他对她倒没什么仇恨。

海萍朵儿走过去把泡面递给何小鱼，何小鱼看了她们一眼，好像理所当然她们会在这时出现，他拿过泡面就吃起来。那张脸上全是泪痕，突然不好意思抬起来了。

路灯下他在吃泡面，身边楼宇里的声音渐渐又浮起来，慢慢充溢了小区，就像无数日子里的场景一样。有些脑袋探出来，仿佛是探查一下那个男孩是不是还在。

何小鱼用塑料叉子把面条一根根提起来，对着空中晃了晃。他毕竟还是初中生，他对海萍说，我最喜欢干拌的，谢谢阿姨。

朵儿海萍开始投实心球。何小鱼吃完方便面，也过来看着，然后说，他也想练。

两个小孩你投一下我投一下，慢慢那些烦心事好像没了。海萍劝他可以回家了。他说好吧，就去推停在树下的自行车。

他推着车，身后跟着海萍朵儿柳芳她妈一起往小区大门走。在大门口，这男生转过身对柳芳她妈说，你告诉贪官何中良，每个星期六我都会来这里，这是我去美国之前，对他的告别。

他脸上脏不拉叽的，但说这话的样子，酷毙了。

他从车篮里拿出双肩包，背上，嘴里说了声"Bye"，就骑上车飞一般地向前驰去。

那天回到家，小女孩朵儿问她妈，何小鱼的爸真的是贪官吗？

海萍说，别瞎说，除了他儿子，没人这么说。

窗外的小区里嗡嗡有声响，朵儿听了一会儿，不是何小鱼的声音，是有人在倒车。朵儿对她妈说，如果我哪天去留学，好不容易到了美国，结果发现身边又是何小鱼，一定会昏倒的。

为什么？

呀，在这里和他做同学，好不容易到了外面，还是和这些当官的小孩做同学，换了你，你也会昏倒的。

海萍眼泪都笑出来了。

一连几个周六傍晚，何小鱼都出现在13幢的楼下，就像一出循环上演的剧，准时登场。

财税局长何中良一直没有正面出现，那个柳芳每到这时都避出家门，眼不见为净。

何小鱼的所有不爽，并不需要观众。他知道，因为他爸这个他最在乎的观众的缺席，使得别人是不是在听都变得无所谓了。

快要放寒假了，朵儿在准备大考。每个周六傍晚，她依然到楼下练习投掷实心球，如果考试不出意外，现在可以拿到这10分了。

今天在她练投实心球的时候，妈妈在楼上洗衣服。何小鱼也没有出现在那幢楼下。朵儿想，他可能也厌倦了。

小女孩投了十几次后,突然听到小区花园那边何小鱼在叫她的声音。

　　她走过去,看见何小鱼正蹲在一棵大樟树下挖土,他手里拿了一把专业的小花铲。

　　朵儿说,你在干什么,搞破坏呀?

　　何小鱼说,我在埋宝贝。

　　什么宝贝?

　　小飞机。

　　朵儿低头去看,果然坑里放着三四架很小的飞机模型。

　　你有病,把它埋在这里,还不如送我。

　　何小鱼说,把它埋在这里,是因为我要走了。

　　你出国了?

　　对呀,原来说好是6月走的,但现在我后天就要走了。

　　那你英语培训学校的课也不读了?

　　不读了,学费交了4万块钱,现在都不要了。

　　朵儿想着自己下周还要大考,而这何小鱼说走就走,突然羡慕他好轻松啊。她说,我们还要大考呢。

　　何小鱼停止了挖坑,抬头笑了一下,说,就这点想着还比较开心,但愿你考得比李想好。

　　朵儿想,那天没白给你吃泡面。

　　何小鱼感觉到了朵儿羡慕的意思就有些高兴了,他说,说走就走,就是以后不能来这里骂何中良了。

　　朵儿看着他把小飞机又拿出来,用塑料纸一个个卷起来,然后又放进坑里试试够不够深。

她问，你干吗把玩具藏在这里，你干吗……

突然她不说话了，因为她想起来何小鱼刚才不是说过他后天要走了吗，现在他在这里藏东西，这其中隐约而又明显的意味，让小女孩的心突然跳起来。冬季黄昏的天色暗得早，从花园这里望出去，小区里没有人影，可能都在家吃晚饭吧。一个妈妈在外面喊小孩回家去吃饭，一只白猫从身边走过去。小女孩朵儿不吭一声地看着同学在挖坑。何小鱼终于把包了塑料纸的飞机放平整。他开始往小坑里填土。

四周的光线在迅速暗下去，朵儿看着这同桌用沾满了泥的手把土推进坑里。她说，有得留学还不高兴，别人家要费多大的劲还不一定能去。

他没吱声。他抹了一下眼睛，说眼睛里有沙土进去了。他抬起脸，像是想让风吹一下眼睛。何小鱼说，你知道吗，我在飞机里塞了纸条，一架小飞机塞一张。你知道我写的是什么吗？

朵儿心想，写给你爸的。

何小鱼没说写的是什么，他只说了两字：绝密。

那这飞机是你爸买给你的吧？

何小鱼说，不对，但也对，是他买来的模型材料，我们自己拼的。

那你得留着啊。

不正留在这里呀。我从小就喜欢飞机，你知道我长大最想当的是什么吗？飞机修理工。

何小鱼把土填回坑里，站起来，对着这小坑跳了几跳。然后他好像很有经验地扯了几把旁边的落叶和尘土，盖上，他让朵儿看，你说看不看得出这里有个坑？

朵儿说，不仔细看，应该看不出。

何小鱼说，如果明天下了雨会更加看不出来的。喂，你知道我为什么要埋在这里吗？

朵儿知道他心里藏不住这秘密，虽然他刚才说"绝密"。

何小鱼说，很多年后，我读完书回来，会到这里挖开它，看看。

看它干什么？

何小鱼自己好像也说不清，反正要来看看。这些飞机是他小时候爸爸陪他装的，他在走之前把它们埋葬在爸爸的眼皮底下，好像不这样情绪就无法表达。至于为什么会这样，小女孩朵儿又懂又不懂，但觉得挺爽的。

你别告诉别人哦。

我干吗告诉别人？

我会发短信告诉何中良的，但不告诉他是什么东西。也许哪天，他找到了挖开一看，不知他会怎么哭丧脸。

何小鱼探出头，伸长双臂，做个了哭丧脸。他说，如果有机会把他那一刻拍下来，一定爽呆了，照片珍藏一生。

朵儿是小女孩，天生对这种情感场景有感觉，她突然觉得这黄昏的空气里有什么让人难过的东西，她说，你还是回家吧，你后天不是要走了吗?

何小鱼说,我乘飞机走,坐14个小时呢,我一个人去,中间在东京还要转机呢。

朵儿看了他一眼,对他这么小的一个人独自坐飞机出远门,突然有点难以置信,虽然她也知道那些出国的同学其实都是这样的。

她说,你去了那边,能适应吗?你英语又不好,比我还差。

何小鱼居然反问道,你说我在这边就能适应了吗?我在这边都适应了,还有哪里不能适应?

朵儿笑出声来,他还有哲理呢。朵儿准备上楼回家了,她还是不死心,走之前问他,反正你要走了,你就告诉我一个人,纸条上写的是什么。

何小鱼爽快地说,再见。

朵儿以为他不肯说,对自己说"再见",所以向他摆摆手,说"再见"。

何小鱼说,三张纸上写的都是"再见"。

朵儿说,哦,这样啊,什么意思啊?

朵儿坐电梯上楼的时候,还在想小飞机里的纸条上写着"再见"。她想象了一下何中良趴在地上挖呀挖,终于挖出来了三小包东西,他还以为是什么宝贝,打开一看,居然是"再见"。什么意思啊?她咯咯咯笑了。

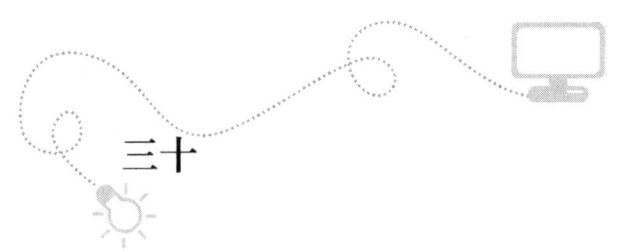

三十

海萍给她澳大利亚的哥哥打电话前,去探望了父亲,也就是她的小叔父。他安睡在西山公墓。

那天是星期六,一早她先去菜市场买了一条鲈鱼、一把韭黄、一块排骨,又去"百味观"买了两块豆沙糯米糕。从菜场回来后,一个上午她都在厨房忙着洗和烧。

每一次去墓地,她买的都是这几种食材,好像想都不用多想。柠檬鲈鱼、韭黄蛋卷、西梅子排,香味从厨房里蹿出来。满屋子都是会让父亲惊喜的味道。她往锅里挤了一点柠檬汁,她想起了父亲家的老屋,那时候每天傍晚,下班回来的父亲母亲就像打冲锋一样,心急火燎地在厨房里烧晚饭,好让她和哥哥赶紧吃了做作业。那口小锅里的东西其实很普通,但爸妈有本事硬生生做出红红绿绿丰美异常的感觉,虽大都是以蔬菜为主的便宜食材,但声色上夺人。城里的这个家,条件虽比老家好,但在城里也是属于紧巴巴过日子的人家。海萍记得自己更小的时候,这个小爸爸在秋天常带着她和哥哥去城乡结合部的水沟里捉泥鳅,他卷着裤腿,用泥堵住水沟两端,用一只破脸盆拼命把水舀出来,一边舀一边说,泥鳅营养最好,日本人爱吃泥鳅,从中国大量进口呢。他们仨一直忙到西边的天空挂上火烧云,然后提着一水桶活蹦乱跳的泥鳅穿过城北杂乱的厂区,经过一根根烟囱,往家里走。在海萍的记忆里,那画面宛若后来看到的宫崎骏的电影,绚丽,空旷,一丝丝甜美,又好像虚幻。父亲在秋天捉到了大量的泥鳅,一餐两餐吃不完,就想出一个办法,把它们洗干净后放在煤球炉边烤,烤呀烤,烤得满楼道里都是香味。海萍知道有些邻居开始是看不起他们这么会过日子的,但泥鳅飘香毕竟是美味飘香,再等到爸妈哪天傍晚用红辣椒一炒,就听到好多人一边打喷嚏,一边大声说,老潘啊,这泥鳅也太香了!这时候,妈妈用一只只小碗盛了让海萍给他们送过去。海萍端着碗,快乐地走在上世纪七十年代的走廊里,这是海萍关于童年时的美好记忆。

父亲在捉泥鳅的时候,也会讲故事。海萍记得有一天,父亲讲他小时候和哥哥在路边等妈妈,那时候没得吃,他们盼着妈妈能带点好吃的回来。妈妈回来的时候,从口袋里摸出一只桃子。妈妈说,你们分分吃吧。哥哥让弟弟先咬一口,然后说,你再咬一口,再咬一口。弟弟咬了几口后,发现桃子已经很小了,哥哥说,你吃了吧。弟弟看着那桃子伤心得有点想哭。哥哥说,以后啊,等我们长大了,去买一担回来。

海萍是女孩,她想着这两个她都叫爸爸的人,晚上睡觉的时候不住地哭。那时候,她正处于懂事起来的阶段,印象最深的是她常常会一个人莫名其妙地哭泣,比如想到人会死的这一点而常常暗自痛哭。

整个少年时代海萍和哥哥一直在向高考冲刺,等到在外地读完了大学毕业回来,工作结婚安家生儿育女,海萍像所有的人一样忙碌着,掠过一个个阶段,等到有一个星期天,她回父亲的家随手在厨房里炒了几个菜,父亲母亲尝过后惊为神物。他们说,怎么这么好吃?你放了什么作料?

父亲指着那碗柠檬鲈鱼说,还有这种做法?

这时海萍才醒悟,这么多年来自己还真的很少弄些什么好吃的给父母吃。海萍对父亲说,这柠檬鲈鱼,是在外面餐厅吃过后记住的,有点欧式,主要是用了柠檬去腥,酸酸的,提了味,就很鲜了。

后来,海萍又给父母试过了西梅子排、韭黄蛋卷,甚至寿司……所以,这两年清明和冬至海萍去上坟的时候,也做这类菜。

今天海萍做好饭菜,用饭盒一层层装好。

她提着一只月白色的无纺布袋出了门。海萍先坐车到花卉市场。她买了七枝白菊七枝黄菊,走过百合摊位时那里浓烈的芬芳让她停住了脚步。摊主说,八块钱一枝。

海萍还价，摊主起先不肯，后来看到这女人手里还拿着菊花，就说，好吧，便宜你一块钱，冬至没去？

海萍买了11枝百合，它们在她手里白灿灿地怒放着，很壮观的一大把，那浓香排山倒海，汹涌到鼻翼里。海萍好像看到了父亲又开心又心疼钱的样子，她在心里对他说，一年也没几次。

海萍坐377路去西山，因为不是清明时节，车上人很少，一个老人坐在后排对他老伴说，这百合花真香。

因为路远，海萍和他俩搭上了话。这对老人是去西山为自己购买墓地。双方聊着聊着彼此都恍惚了一下。老人们在想日后自己的女儿也会这样坐在这一路车上往西山来看他俩。而海萍则在浓香中想着她的小爸爸，他是因心血管病匆匆走的，在此之前家里人哪想得到购置墓地，如果在他活着的时候就早早地陪他来这里看过，他在弥留之际对日后她来探望他是不是能有所想象？

星期六下午，西山公墓里空寂无人，一条条小道通往各个墓区，小道两旁都是宝塔般的柏树，从这头一直铺展到山脚下，构成遮天蔽日的肃穆。海萍沿着其中一条小道往山上走，北风吹过，萧瑟感在低空盘旋，海萍觉得这场景好像在哪部电影里看到过，但电影里是正午时太阳光把行道树的影子拉得很长，显出空无一人的寂寥，而这里是阴天里的空旷，风从道路的那头劲吹过来，柏树纹丝不动，只有自己胸前的花束和围巾在抖动。

父亲在西山十区。海萍沿着小道上山，四周是密密的碑林，四下寂静透心，海萍的视线投向半山腰，每阵风吹过，她好像听到虚空中的叹息。山坡上有伞状的香樟、茂盛的桂树,大风从山坡上掠过,枝叶起伏像无法遏制的情绪。迎面而至的石碑上都有死者生前的相片,他们含笑对着这山冈、树木、天空,而事实上他们更像是对着不同的方向出神。

因为爬山累了,海萍坐在父亲的墓前喘气,她停顿了一会儿才打开袋子。她把鲈鱼拿出来,一路乘车而来,鲈鱼有些震碎了,外形不是很好;她把西梅子排拿出来,因为天冷,显然凉掉了;她把豆沙糯米糕拿出来,因为冷了,那层油亮的色泽也没了……海萍看着它们,觉得它们无法引人食欲,她想起小时候父亲烧的一桌又红又绿、热气腾腾的菜肴。

海萍从包里还拿出了一对红蜡烛、一把香。因为风大,她用打火机点了半天,也没点着它们。后来她几乎把打火机和蜡烛放到了风衣的衣襟里,才点着。那火苗那么弱小,好像随时都可能熄掉。点香更是费了气力。她用自己带来的一只碗遮住风向,把香对着已燃的蜡烛,对了很久才点着。

她赶紧对着墓碑拜了拜。她心想,冬至我刚来过,现在又来了,爸爸,待会儿我有事想问问你。

她把香插在自己带来的一只杯子里,坐在墓碑前,给父亲倒了一杯酒,放了一双筷子。她说,你吃吧,早上烧的。

在她的身后,是片片碑林和草浪翻动的山坳。风也吹过她面前的花束、酒水、食物和石碑。她低声说,爸爸,我想托哥哥帮一下囡囡的学业,你答不答应?

石碑上父亲在相片中看着她,他清瘦的脸微笑着。

她知道他是会答应的。其实,她也知道他这答应与否同自己的哥哥潘天浩没必然的关系。

她坐在这里对他低语,只是因为过不了自己心里的障碍,所以不知道是否该去对哥哥说出来。

她想起小时候自己坐在父亲的背上来到了这个家,"做街上人了",而现在她恍若看到朵儿将跟着潘天浩,接着走下去。

在空无人影的西山,她仿佛看见某种宿命那么难堪地看着她。每阵风吹过,犹豫与决然同时在渐近渐远。

一个人的命是天生的吗?冥冥中,是什么决定了一个人双脚的走向?

36年前她亲爱的小爸爸带着她走出了那个乡村,而现在她想请他的儿子带着她的下一代走得远远的,也要用脚步改变走向。

叔父他们这一家,是不是天生欠了她,所以该这样?

其实,是她欠了这一家人太多,什么时候也还不了了。

她开始痛恨自己没用,他们照顾了她这么多年,现在她还要向他的儿子索要。也许,从亲情和血缘来说,这可以,但从情理和逻辑上,她过不了这一关,尤其是那样的宿命,让他人那样地付出。

她知道自己纠结的真正本质,就是宿命。那将是她最致命的心痛。

她明白这些,尤其是在这北风呼啸的下午。她随时都可能让自己算了吧,但她又是那么想过这一关。因为囡囡是她的宝贝。

她双手合拢,贴在胸前,对石碑低语,爸爸,你说我可以这样吗?

她说,天浩,你说我这样是不是脸皮很厚?我付钱,这样行不行?

蜡烛摇曳,一些香灰落在了食物上。她坐在墓地里想起了哥哥潘天浩的脸。是的,小时候自己刚来到这个家的时候,哥哥是不高兴的。每逢两个小孩争执,哥哥总说,这是我的家,爸妈更喜欢我。但男孩子毕竟是男孩子,没过多久,就好像忘记了她其实是他的堂妹,而彻底把她当作了妹妹。

哥哥读书成绩很好,研究生毕业后,像他所读的那所名校中的众多学生一样,自然而然地出国留学,然后去了澳大利亚。

海萍想着天浩,想着他对于她的要求可能出现的态度,更想着绕不过去的是宿命。她对墓中的父亲说,我真的不知道,这到底是去呢,还是不去?我吃不准到底是请天浩帮呢,还是不请他帮?

这个阴天,山坡上每一棵树木都在风中摇摆。她回头看了眼碑前的杯碗,从包里拿出另一双筷子,在想象中陪父亲吃起来。

按这座城市的风俗,这是该做的。她一边吃着鱼、蛋卷,一边流泪。她嘟哝,我会报恩的,我会报恩的,她大了也会的。

大半个下午,这西山的山坡上除了她,居然没别人。虽然冷,但海萍觉得这么说几句,发发愣,这里可能是最适合心情的地方。耳畔风声流过,山坡上仿佛有隐约叹息,生生死死,流年映照,这山林间,那些死者生前或许也如此纠结过、沧桑过,一个人,一条路,一片山坡,逃避怎样的终结,步履不息,从什么地方来到这里,又曾想出走哪个地方,避开哪段命运?

这个下午海萍把这里当作了心理的理疗点,哭过,说过,就好过了不少。她准备下山去,她心里知道了后面要去做些什么,其实来之前她就知道。

在她下山途中,接到了一个电话,是楼上的那个女人吴佳妮打来的。山上信号不好,她的声音断断续续,她就对那头说,我听不清。就关了手机。

顺着小道,她拐到了另一侧一条宽一点的水泥路上。拐过一个弯,路外侧的一面新建了一座凉亭。海萍走进凉亭,坐下又理了一下手里的袋子。她想起刚才那个电话,不知吴佳妮有什么事要找她。

出国。除了出国不会有别的事了。

海萍对着山下的公路和杂乱繁多的房子突然想笑。挺逗的,真的挺逗的,全中国的家长是不是都在忙儿女出国?全中国的家长是不是有一半受了出国的刺激?走啊走啊走啊,他们大声嚷嚷着,或者在心里大声嚷嚷着,他们的小孩跟在后面,像一群玩胜利大逃亡游戏的好笑的家伙。

海萍坐在凉亭里,俯视下去,三小时以后待夜幕降临那里将是万家灯火,身处这半空中的视角仿佛能让人想事儿的状态超然很多。她想起楼上的女人，银行国际业务柜台前的人脸，以及想象中的那些嚷嚷的队伍……好似有一个箭头飘浮在那些头顶之上，闪烁在这阴沉的虚空，它构成了一个流动的方向。

事实上，确实有一个大大的箭头画在凉亭边的水泥道上，"下山往右"。她站起来，下山。那箭头，从山道上平看过去，粗大稚气。

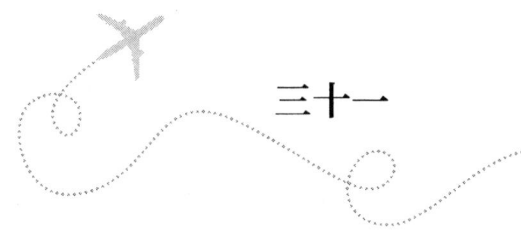

三十一

朵儿今天放学的时候,看见那个胖叔叔又出现在街对面的香樟树下。

朵儿已经有一个多星期没看见他了。事实上她最近已养成了习惯,出校门的时候总会不由自主地看他有没有在对面出现。

今天他来了,他站在那里伸长着脖子,在等着琴琴出来。他穿着一件灰绿色的羽绒衣,又宽又大,一手拎着一只皮包,一手提着一只衣袋,所以看过去像一只企鹅。

朵儿知道自己站在他这边,因为想到他连这个爹都可能没得当了,就超级可怜。这企鹅一样的人如今在小女孩朵儿眼里已不再可笑,他向琴琴疾走过来的样子,也不再像电视里的家庭剧那样夸张,或者说,比家庭剧更像家庭剧了,因为这是真的了。

朵儿回头看了一下,今天琴琴还没出来。胖叔叔翘首以待的样子,从站姿、手臂、头发里都透出这个信息:我的女儿,我的女儿,是我的女儿……

朵儿就有些放心下来。他不会肯的。

朵儿这时看见自己的父亲方园推着自行车已经等在校门左边的花坛旁了。今天她来不及装生气,她把书包放进爸爸的车篮里,说,这次大考我第71名。

一拨拨学生出来,像一群小鸭子,散到了街道的两旁。金志明像扫视风吹过水面的波纹,目光飞快地掠过一张张放学后的脸,女儿琴琴还没有出来,可能在做值日,也可能班里还没下课。金志明想象着琴琴从校门里出来的那张脸,她青春素颜,即使穿着千篇一律的校服,即使在嘈杂的放学时分,她浮现在无数像花朵一样稚气的脸孔中,依然是那么一目了然地出众。谁都可以发现她正从一个小女生长成夺目的美少女。现在金志明仿佛看见她出来了。因为出差,他已经有两个星期没看见她了。他最近这阵心里有种莫名的焦虑,每一天放学时刻都在想她,她考得怎么样,她怎么穿过马路,怎么回家。虽然那个家已经不是他的家了。在出差经过的每一座城市,每当他看见那些在夜晚闪烁着温暖灯火的楼宇,他都有那样的伤感。伤感使惦念中的琴琴蒙上了一圈圈柔光,想到她,他就有隐隐的心痛。她是他的珍宝,他那个已不成形的家留给他最致命的牵挂。

今天他刚出差回来,从高铁站直接打车来到校门口,这是因为他知道今天是本学期的最后一天。下一次他来等她,是春节以后了。他手里的那只衣袋里,装着一件毛衣。他想如果她这一次考得不好,希望这新衣服能让她稍稍高兴一些。

琴琴出来了,她刚被班主任陈老师叫去了办公室。陈老师说,寒假里让你爸妈请个数学、科学家教补补课,如果这两门上不去,金琴你就要去读职高了。

琴琴这次期末考试排名第586名,她想着妈妈的脸,拖拉着脚步往校门口走去。她是个文静的女孩,偏科,语文、英语是强项,此外,尤其擅长做小点心,虽然这个擅长学校考试不考,但教师节那天早晨,她在炉子上做了一个蛋饼,结果轰动了全校。

事实上在教师节前,她纠结了好几天,当同学们交流给老师送什么礼物时,这女孩就在烦恼。她没太多零花钱,她知道妈妈节省惯了,即使问她要也给不了多少。买不了什么别致的礼物,她想,要不就做一个蛋饼吧,给老师当早餐,就做一个蛋饼。

这简直是个灵感。那天早晨她5点钟就起床了。她用鸡蛋和面粉调制面浆,用平底锅在小火上慢慢地烘,成型后,她用小刀细心地把饼切成一个心状,像一个"爱心"。然后再烘出另一块"爱心"。她在两块"爱心"之间夹入草莓酱、葡萄干、小糖豆、巧克力碎末……一切她所有的好吃的东西。然后在蛋饼的正面,用草莓酱小巧地写上"节日快乐!"更妙的是,她从阳台上的花盆里摘了一朵早晨初绽的月季,用浓红的花瓣在饼的周围缀了一圈,像一大粒可爱的珍宝。然后她把饼放进一个饭盒。

初三女生的礼物轰动了学校。因为创意,更因为递给老师时,它还有温度。

那天早晨它被切开后,好多老师都尝了一点。他们说,这个早餐,应该是今天早晨全校甚至全市最有意思的教师节礼物。

现在琴琴想的可不是什么教师节礼物,或者小点心之类。她想着妈妈待会儿可能沮丧的脸,以及爸爸好些天没来校门口了。

对于父母,她觉得爸爸很多东西不好,比如暴脾气、神经过敏等很多很多,而妈妈什么都好。但有一个事实,是妈妈不要爸爸的。这其中无法言喻的哀怨让这个初三女孩常常纠结。她知道妈妈吴佳妮想让她出国。但她觉得这事很远,因为班里只有那些有钱的同学才在走这条路。另外,至于她可能会认大姨为妈妈,她没有什么特别的感觉,反正大姨是妈妈的姐姐,反正也是一家人,反正叫什么都是同一个人,即使嘴巴上叫妈妈,这和叫"姨妈"又有多少区别?

至于爸爸不同意,她觉得有点奇怪,叫了别人妈妈爸爸,并不意味着他就不是爸爸了,只不过是叫叫而已。这就像她判给妈妈后,他不还是她的爸爸吗?如果有机会出国,叫别人何况还是自己家的亲戚"妈妈爸爸"又有什么关系,这么简单的事,怎么会想得这么麻烦?琴琴看着校门口那边的人群,心想,如果只需要叫一声"爸妈"就可以出国留学去,指不定有多少人愿意都来不及。

这么想着,她突然想笑了。

金志明突然看到女儿了，两个星期没见，她好像又长高了一些，校服有些短了。

他看见她微微笑着，这与她平时出校门时那略有心事的样子不一样。这个女儿不太爱笑，至少在他的面前不太笑，他知道她不太开心是因为成绩因为家庭。对此他理解，换了自己是她也不会开心到哪里去。这么想着，看着女儿正在走过来，他的心里在颤动，那是他的宝贝，他可怜的琴宝，让他把这个世界给她只要他有他都会愿意，但是他没有，现在几乎一无所有，挣钱越来越不容易，他能给她什么？

他向她张开了手臂，那个提包和衣袋晃荡在马路这一边的人群里，这使他像浮现在人影前的一只大鸟。他看见女儿看到他了，女儿想穿过马路向他走过来。她小心地向两边看看是否有车辆，然后向他走过来。那一刻他觉得这女儿在这世界是那么脆弱，前景无法估定，而自己是那么无用。他该让她吃好穿好读好的学校。他突然泪水纵横，而心里在说，别哭，千万别哭，这时候别哭。

但他无法控制自己的泪水，因为他好似看到了自己的答案，他知道这些日子里那个答案其实一直在蠢蠢欲动，他遏制它的破土而出，而现在，在这放学后的校门口，在这喧闹的大街，它不可阻挡了。他知道这是因为对这小女儿的爱。

初中生琴琴看到爸爸对着她泪流满面，吓了一跳。她想他怎么越来越傻了，居然跑到校门口来哭了。她想不理他了，她想哭，她想飞快地逃离这些人，逃离这里。她几乎没好意思去看他的脸，她拉起他的衣袖往街角那头走。

老金和琴琴走过街角，琴琴还在往前走，老金发现这不是她要去的家的方向。他停住脚，小女孩这才也停住，他们相互看着，醒悟他们不知要走到哪儿去。老金让自己笑起来，说，琴宝，看爸爸从北京给你带来的新衣服。

琴琴没去接那个衣袋。她不知道今天自己该如何对这个父亲生气。

那只衣袋晃悠在他们中间。那算是他提前给的新年礼物吧。傍晚的风吹动着它，在人来人往的街头，事实上没别人注意这红色的纸袋。

老金知道女儿在怪他刚才莫名其妙的哭泣。他知道这不好，确实有些丢脸，女儿无论从哪个角度都会不开心。他为刚才控制不住自己而不好意思，于是他想转移开这点情绪，就哄女儿，这衣服很好看的，是大红色的。

女儿是个文静的女孩，她咬着嘴唇像往常无数次一样，一颗颗眼泪从她的脸颊上滑下来，他知道女儿初三了，有点懂事了，今天是自己失控了，让她难堪了。他手足无措地看着她，以及他们之间那只红色的纸袋。他想今天从车站赶来这里的目的是父女俩都开开心心，现在得赶紧把情绪往那个方向调。

他说，琴宝，爸爸今天有点累，好些天没看见你了，所以有点发傻了，好啦，以后不会这样啦。

他把衣袋在她面前又摇了摇。那是给她的礼物。女儿只管自己哭,所以没去看它。他突然觉得这礼物其实挺渺小,在这喇叭声一片的大街上,它不够本质。而那个本质的东西此刻闪烁着,它潜伏在他的心底,这几个星期来一直对他构成了暗示。它就是留学,去留学。此刻它从自己的心底一跃而出,它在虚空中与这红色的纸袋并列摇摆,它由多年前他和吴佳妮结婚时打过照面的那个吴佳妮姐姐,在想象中递过来。

他的自卑滚滚而来,虽然他在几十分钟前已经知道了自己的答案,但这并没消解他此刻横生的自卑。他好像看到了自己昨天在北京王府井大街上看啊看啊,实在想不出买什么能让女儿惊喜的东西,后来想到要不买件衣服吧,又不懂款式和尺寸,就不停地问,不停地指着别的顾客比画身高,此刻他远远地看着昨天的自己,觉得自己又可怜又尽心。于是他对女儿说,这是爸爸挑的,也是一片心。

然后他拍了一下女儿的背,移开话题,问,这次大考还好吗?

琴琴摇了摇头。

不要紧,真的不要紧。

琴琴看了父亲一眼,他的样子其实让她难过,她自己没考好这一点也让她难过,再说站在这里也没同学会看到了,所以她就缓了僵局,她对父亲说,500多名,数学没考好。

没事的,我们寒假再冲冲。

老师刚才说我可能要去读职高了。

职高？职高也好的，爸爸不就是读职高的？

老金说完就觉得说错了，琴琴还真的就抬头看了他一眼。是啊，混成这样了，还说职高。

老金赶紧说，我们不会读职高的，这一点我相信。

琴琴说，是数学没考好。

老金说，别的我不知道，但我知道你最后一定会考得好的，一定会考上大学的，而且是好大学，艺术类，一定的。所以，一定不会去读职高的。

小女孩觉得他说得太轻松，但这些话多少让她轻松了一些。她说，爸爸，你真的有预感？

老金说，有啊，有啊，爸爸预感一直超好的，最近股市这么差，但爸爸做的那两只一直涨停呢，所以，爸爸现在大声对你说，你绝对不会差的，你是原始股呢。

他觉得自己这比喻真妙，原始股，确实是一只原始股，好股票就得有好的成长，得让她一路涨下去。

小女孩和他掉转头，一起向家的方向走。老金问了她今年寒假放多久。他在心里盘算哪一天让吴佳妮送她来自己这边吃餐饭，明年的春节不一定在一起了。他问明年中考具体是哪天，中考分数公布需要几天。他还问起年级里是否有同学在准备出国留学，他们大多去哪儿。他还问现在晚上你洗脸睡觉包括叠被子什么的是不是还需要妈妈帮助，他说，自理能力很要紧的，爸爸小时候是住宿生，你没做过住宿生……

他把女儿送到小区大门外，他说，爸爸不进去了。

女儿对他点了点头。他说，晚上妈妈随便怎么怪你这次大考没考好，你都不要哭。

女儿对他点点头。他说，爸爸已经给你算过了，反正你最后一定会考好的，心里稳住了，才能读好考好。

女儿对他点点头，她觉得他刚才泪流满面现在温柔得像怪兽史瑞克，心里挺可怜他的。

他把那只红色的衣袋递给女儿，说，拿着吧，红色的，过年穿，会有好运气。

女儿伸手去接袋子，他突然把它往高处提起，她接了个空，他说，叫我声爸爸。

小区门前的一排大红灯笼已经亮了，四下已有了春节的气氛。那红色灯光落在老金的脸上，让琴琴觉得他有些不同以往。琴琴对着他叫了一声：爸爸。

老金把衣袋交给琴琴，他看着她走进小区，走过冬青绿化带，往他从前的家走去，他大声对那纤细的背影喊：再见。

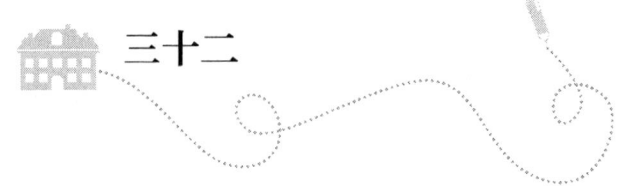

三十二

同样的这一天,朵儿跟父亲方园回到家,朵儿把大考成绩单拿出来给妈妈看,妈妈说,真好,中考如果像这一次这样就好了。

因为成绩不错,加上明天就放寒假了,所以这一晚方园家的气氛很好。

海萍同意朵儿在电脑上玩一会儿游戏。朵儿玩了一会儿后,突然对在看电视的海萍说,妈妈,我今天在校门口看到琴琴爸爸了,他一定不会同意琴琴去留学的。

海萍随口接了话题,说,是的,他舍不得。

朵儿觉得自己的想法得到了印证,就放心了。她继续玩游戏。她听到爸妈在接着说这事。妈妈认为那犟脾气的老金是不可理喻的，多好的机会，他眼睁睁看着它过去，一个女孩子今年15岁，她有几个15岁啊？而爸爸好像不这样认为，他说，那个老金最后会同意的，一定会同意，他为什么对我们劝他生气？如果他不纠结，他是不会生气的，他会很笃定很淡然地和我们聊他的道理，因为我们本来就是陌生人，他生气了，就说明他会同意的。

有那么一会儿屋子里好像静下来了，日光灯的灯管在咝咝叫着。

海萍说，笃定？现在哪有很笃定的人？

方园点头说，所以呀，有些想法一个晚上就会改变，反正我觉得那个老金最后会同意的，不信打赌。

海萍想象着那个老金最后无奈缴械投降的样子，又有点同情他起来。方园好像看出了她的心思，他说，我今天刚看了本书，说天下的爱基本上是以"聚合"为目的，只有父母的爱是以"分离"为目的，放孩子走远，只要他们过得好。

一个晚上海萍都在想着这句话。她想，千真万确。

三十三

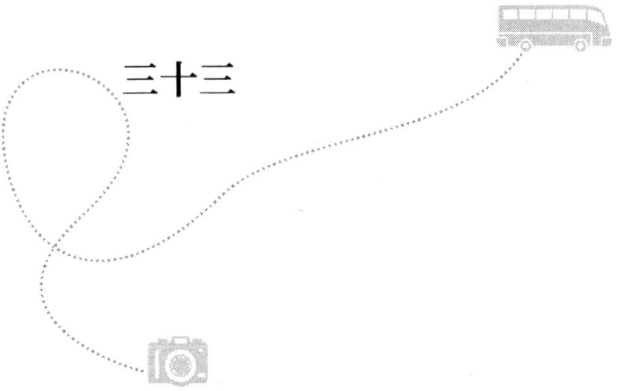

海萍给澳大利亚的哥哥潘天浩发了邮件。

一个星期以后,天浩电话过来说,可以的,自己家周围还刚好有三所高中招国际学生,有住校的,住homestay的,朵儿当然不用住校或homestay,就住我们家里好了,条件不是太好,在客厅里可以搭一张小床。

海萍捧着那只电话,她听见哥哥的小孩在家里嬉闹的声音,她好像看见了远方那个自己未曾到过的客厅,凌乱,原木色,阳光从窗户透进来,所以很温馨。

海萍这边的好消息,像一阵突然而至的风,吹得方园心里各种念头同时翻飞。他想,我们终于也有一条路了。他想,这条路是靠海萍找来的。他想,海萍这个哥哥不容易,我们经过这一遭后更知道什么叫作不容易,所以我们钱一分都不能少给他。他想,爸妈知道这事后一定也会松口气。

他这么想着,就打电话给爸妈。两个老人又惊又喜,东头不亮西头亮,想不到澳大利亚居然跑出了一条路。

他们对从未谋面的潘天浩感激无比。他们在自家的屋子里长吁短叹。谁都知道他们在想着什么。

隔了两天,方园带着女儿朵儿去了爸妈家。

方园进了门才想起来,事先没和老人打招呼别当着朵儿的面谈留学的事。

这是因为事还没办成,海萍方园现在还想让朵儿一门心思冲刺中考,这样日后才能做两手准备。方园趁爸爸去餐柜给朵儿拿饼干,就对妈妈说了这个心思。

妈妈说,对的,不说。

方园妈妈拿出一只秤给朵儿称体重,方园爸爸就去门后拿出一根竹竿想给孙女量身高。

那竹竿上没有数字,只有朵儿每次来这里测量身高时留下的刻痕,一杠杠往上去,从两三岁到现在的14岁了。

方园爸爸举着竹竿走过来,竹竿的一头在沙发脚上别了一下,就听到"砰"一声,老人摔到地上了。

大家赶紧去扶他起来,方园爸爸说,没事没事。

老人站起来后,又弯腰捡起竹竿,坚持要给朵儿量身高。朵儿知道这是每次到这里来的规定节目，从两三岁就开始了。

方园爸爸给孙女量好，用手指甲在竹竿上按了个标记，然后举着它到阳台上，对着光亮的地方，想用铅笔刀把这次的杠子刻上去。

这一边，朵儿和奶奶一边看电视一边在聊天。过了好一会儿了，方园发现爸爸怎么还在阳台上，他就侧转身向阳台上看了一眼，他看见爸爸手里还拿着那根竹竿，在左看右看，好像看糊涂了。

从这边看他的背影，方园感觉他真的很老了，他的动作迟疑着，好像快忘记自己正在干什么了，那根竹竿在阳台上摇晃着，那上面全是朵儿一点点往上生长的标记。

正午的冬阳把阳台外的冬青树映得碧绿，这使得穿着深色棉衣的爸爸被衬在一层生机盎然的光影前。有那么一瞬间，方园认定爸爸一定是忘记自己在做什么事了。因为他拿着那竹竿，颠过来倒过去地看。

果然，方园爸爸举着那竹竿又从那边过来，他脸上带着歉意的笑容，说手抖得厉害，刻不了杠，囡囡下次来再量过。

因为刚才摔倒过，方园妈妈让老头子别走动，到沙发上靠着。朵儿正在看央视六套播放的《哈利·波特与魔法石》。方园爸爸说，坐到爷爷这边来。她站起来坐到了爷爷身边。爷爷说，澳大利亚也好，澳大利亚好。

方园指着电视机说，这是英国片，不是澳大利亚的。

爷爷用手搂了搂孙女的肩头,说,爷爷舍不得你走啊。

方园转头过去,看见爸低垂着眼帘,就生怕他泪水流下来,立马递一只橘子过去,说,爸,你吃橘子。

方园妈妈一边向方园爸爸使眼色,一边说,是舍不得住校吧,读高中的都要住校的。

方园爸爸今天钻在了自己的情绪里,所以他压根儿没在意老伴的眼神。他说,爷爷小时候出来读书,是爷爷的爸爸摇着船把我送到了城市里,现在你要坐飞机了。

方园说,囡囡的学校只要坐三站路。

方园爸爸说,三站路?

方园说,是啊,三站路。

方园爸爸说,从他舅舅家到学校要坐三站路?

方园说,上方桥、外方桥,以及下方桥。方园随口报了自己家附近的三个站头。

方园爸爸可能一下子没想起来这三座桥就在方园家的附近,他对孙女说,坐三个站,朵儿要记住,是三个站,小孩子到外面去要先认识回家的路。

老人让朵儿吃点茶几上的橘子。他说,明年囡囡就不能陪我过年了。

他的眼睛很亮,语气里好像隐着叹息,这让方园妈妈也难过了,她说,现在不就在陪着你呀。

大人们在说些什么,朵儿其实没怎么在听,她盯着荧屏上的《哈利·波特与魔法石》看得津津有味,所以没在意他们到底在说啥。

那天吃过晚饭,方园和女儿走的时候,方园爸爸在门边上抱了一下朵儿。他笑得脸上全是皱纹。他说,爷爷真舍不得你走。他说,再见。

这最后的拥抱,深深地留在了方园的记忆里,后来每次想起来都那么心疼。

三十四

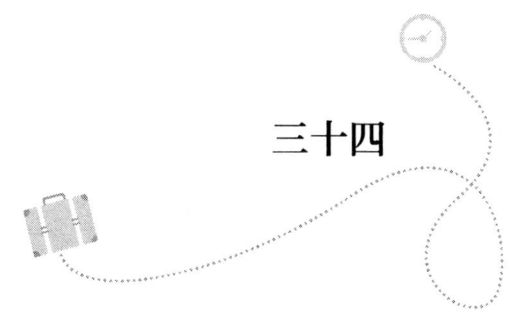

潘天浩寄来了学校的资料,他为朵儿选了一所离自己家步行20分钟路程的高中。这所高中在当地口碑不错。

这边海萍方园就开始填申请表,并去朵儿所在的初中办理初中阶段总成绩单。朵儿初中的各门课程从分数上看,其实都不错,就是去年大考数学题目偏难,120分的试卷考了98分。海萍盯着成绩单,对这个数字略有些不安,但转念一想,都说外国中学数学比我们国内水平低,这个分数应该也是没问题的。

给她盖章的老师,连头都没怎么抬起来,从抽屉里找出章,"啪"的一下,OK。

海萍出了校门就赶往人民路"邮政快递中心",想以最快的速度把成绩单及申请表寄给哥哥天浩。寄往澳大利亚的快递邮费是200元,需要一周的时间。她看着服务员把信封收进去,看着那个蓝色的信封被丢进了一只白色的帆布大袋子,心想,一路上可别搞丢了。

她算了一下,从现在开始,到被录取,办护照,申请签证,签证下来……要赶在国外高中8月底开学之前完成这一系列程序,还有一条长路要走。

海萍在走出"邮政快递中心"时,想起了表姐林红。要不晚上去向她打听一下,这后面的路怎么走。

后面的路还有怎么走的?钱!一个字,钱。

林红对海萍说。

她手里拿着海萍让她看的朵儿成绩单复印件,根本没把这纸当回事。她说,后面的事基本没事,除了钱。

表姐林红的家在城北新村。海萍前来拜访时,带着朵儿的成绩单、申请表复印件。林红只瞟了一眼,就告诉她这都不是事,关键是钱,是日后孩子在外边的学费、住宿费和生活费。

她说,这些成绩够好了,以我们许贝贝的经验,录取没任何问题,对那些国家来说,这是赚钱的事,谁不欢迎你来读书?

在这屋子里,如今林红一个独守,所以没多少过日子的人气。

林红今天看上去有些疲倦,她站起来给海萍去泡茶,说,咳，光顾着说话，连茶都忘记泡了。

趁林红去厨房，海萍环视四周，墙上是一家三口的合影，林红许光明和女儿许贝贝在全家福里正微笑地看着海萍。现在房间里有些凌乱。沙发那一头，丢着林红的几件衣服。坐在沙发上能看见里屋的一角，床上的被子没叠好。电脑桌上有三只小镜框，里面都是女孩许贝贝的照片，蓝天绿茵，大概是在那边拍的吧。桌上电脑开着，海萍想，如果凑过去，那QQ空间多半是她宝贝女儿的。这是林红可想而知的状态。海萍心里温柔地动了一下。

林红端着茶壶和两只小陶杯过来，说，这是许光明从福建带来的铁观音，你尝尝。

她好像注意到了海萍在留意自己的房间，就不好意思地笑了一下，说，太乱了，上一天班下来，回家就没心思收拾。海萍说，一样一样的，我家也乱的，有个小孩在，怎么整理都不行。

林红笑着忠告海萍，趁女儿现在还在这里，每天就当作节日过吧，到时女儿一走，像我这样的，心里好像空了一大块，所以你现在可要珍惜呀，一家人在一起的时间其实很短，你就当在倒计时吧。

林红把小陶杯从茶几上拿起来递给海萍，眼里似有同情和取笑浮上来，好像已观望到了海萍行将来临的相近处境。

还真有那么一瞬间，海萍听见了时钟在这凌乱的房间里"嗒嗒嗒"的走动声，她看着对面墙上这一家三口在照片中的神情有些发愣。林红见她走神,赶紧说,不过你这边的条件还算好,有哥在那里,住亲戚家,生活费用省下不少,所以还是现实的,比我们的情况要靠谱多了。

里屋的电话机铃响了,林红起身去接。海萍眼角下意识地掠过这简陋的房间。不一会儿,林红从里屋出来,说,是医院同事的电话,我还以为是许光明打来的呢,每天这个时间他都打过来,汇报情况,顺便查岗。

海萍笑道,挺乖的嘛,算是一个好老爸了,一年挣的几乎全给宝贝女儿花了。

林红拍了一下她的膝盖,说,虽说一年留学总费用18万元人民币左右,但拿到国外去用,也只是毛毛雨,学费去了8万,住homestay去了七八万,外加两三万生活费,所以每一个子都得计划着用,贝贝说买个汉堡35元,买杯咖啡20元,买一本笔记簿20多元,参加学校组织的嘉年华车费110元,所以上次有个活动贝贝没舍得参加,因为要花580元………许贝贝这么个孩子已经很知道节省了,什么都省,买杯可乐都不舍得,她还告诉我,不喝可乐就不用减肥,不喝咖啡睡得着,自己做个蛋包饭比学校午餐划算,上个星期她只花了87元就购了烘焙六件套,可以烤饼干、做蛋糕,高兴死了,说便宜。

林红说着说着就突然哭了。海萍叫起来,哟,这是好事啊,知道父母的钱来得不容易,你该高兴都来不及,再说我们小时候不也是这样过来的。

海萍以为林红听了这话,会有所欣慰,哪想到她哭得更剧烈。她呢喃,这还不是因为他爸这20万元来得太不容易,就连小孩子也懂她爸一个人在外地熬,他原来哪是这个性格啊。

林红脸上泪水纵横,她说,是的,他是在熬,我让他再熬几年,要不然怎么办,女儿已经在那边读了……

海萍从桌上拿过纸巾盒。林红不好意思地擦着眼泪,说,不知怎么回事,我这两天一碰就想哭,老是想哭。

在这样的夜晚,在这凌乱而孤独的房间里,海萍有做梦的感觉,因为她听方园说最近许光明下县城了林红安心了,怎么现在哪儿又不妥了?

林红说自己最近去了一趟那个县城,光明在那里搞项目,她看出来了,他不开心。他承认确实不开心,甚至比之前作为宝珠副手的尴尬还要不开心。他说同窗朋友是一回事,一起做事是另一回事,作为跟班副手是一回事,现在独立承担是另一回事,因涉及行事风格和执行力理解力等方面的众多细节,他与宝珠的分歧越来越明显。林红知道就许光明一贯的脾气,他想甩袖走了。于是林红抱着他的头,泪水纵横,哀求他,你的女儿已经在澳大利亚了,你这一走,她在那边怎么办?她在那边吃什么,住哪里?你总不能让她露宿街头吧。他用奇怪的眼神看着她半天,他拍着自己的额头,好像是在让它冷下来,低下来,忍住。林红看着他的样子,心都要碎了。但她亲着他的耳朵,说,不能回去,不能回去。

林红对海萍呜咽,你说我是不是太狠心了?

她说，我甚至都不让他回家来，我知道他迟早会受不了的，他就是这样一个人，不喜欢的事，一点余地都没有。

她说，他现在在忍，他越忍我越心痛，所以无论他以后怎么落魄，我都不会不要他的。

林红说她想象得出来他每一天在那个小县城里憋屈的样子。他失神无奈地一个人守在那里，这哪儿还有当年他才子的那一点儿痕迹。林红说，我发现我疯了，我是不是疯了，我坚决不让他回来，其实每次我放下他打过来的电话，我都冲着这房间想直喊出来：你快点回来，回来算了。

林红说，我知道我只敢对着这空屋子喊，我真心想答应他回来但又怕他真的回来，这么说你明不明白，我这么抓狂是因为女儿，别的我都能顺着他。别看我这么强势，但其实我都顺着他，但唯有这一件事我不能顺他了，光明真的对不起了，我不能顺着你。海萍你说，他以前跳了那么多槽，做了那么多不靠谱的生意，我哪一件最后不顺他，但这一件，因为和女儿贝贝有关所以我不能顺他了，我不能让女儿在外边断粮，所以我不能不坚持。我一边坚持，一边把话说得很坚决无情，是想让自己不心软，但其实想到他害怕我生气而不敢撤回来我心里立马就软了。海萍，我这样说，你是不是觉得我们简直要疯了，留不起学，还出去干吗？但问题是我们许贝贝已经出去了，现在让她回来更不现实，你说回来的话再去哪儿读高中？许贝贝在外面学得很好，你只要看看照片就知道她是开心的……

林红泪水流淌，让海萍鼻子发酸也跟着哭起来了。她安慰林红，其实也未必是你不让他回来，男人在关键时候是搞得清楚什么是理性什么是脾气的，我打赌，现在你即使让他回来，他只要想着女儿的学费，自己都不会回来的。

海萍说，我家方园也是这样的，对自己的事漫不经心，但朵儿的事看得比天还大。

这样的安慰暂时没用，因为痛哭中的林红从强势女人仿佛变成了一个小孩。她说，可是我想让他回来，让他回来，快快回来。

海萍说，再坚持几年，很快的，时间过过是很快的，林红你想想我们从毕业到现在都超过20年了，也就一眨眼的工夫，再这么一眨眼，就退休了。你不记得了，我第一次看见许贝贝这小姑娘，还是在西街口，当时你用自行车带着她在买街边的烤玉米，我当时夸她好漂亮的小仙女，我记得清清楚楚。小孩子长长也是很快的，现在她都高二了，再过几年大学毕业了，像我哥那样在澳大利亚找到工作，你们去那边住，不就是一家人又团圆了。

林红有些缓过来了，嘴里嘟哝：那时我们可是老了。

现在需要海萍转开话题，她拍林红的背，说，我现在懂了，这出国留学，后面的事确实不是事，除了钱。

果然，林红眼睛红肿着对她苦笑了一下，说，没错吧，主要是钱，趁你们家的宝贝还没出去，好好算一下，千万要好好算一下，钱这方面有没有后顾之忧。

海萍被她这么一说，突然起了鸡皮疙瘩，她好像"唰"的一下子被推到了一座之前没盘算清楚的冷山面前。是啊，这之前想的尽是怎么走、是不是要走，而现在真的要走了，才发现还有一个大事情，那就是"钱"。

林红已经平静下来了，她像是在为自己刚才的失态解释，她说，劫数，可能人这一辈子都必须有这样的关，不折腾不行，一折腾，就是分离。

海萍下意识地又去看对面墙上的合影，他们在对面微笑，那样的好时光，停在镜框里了。天花板上那盏黄灯的光芒在流过泪的眼睛里，辐射着一圈圈的光晕，像一个个圈套，从这边看过去，它们旋转在那镜框之上。

林红在看墙上的钟，她说，咦，今天许光明怎么没打电话过来？

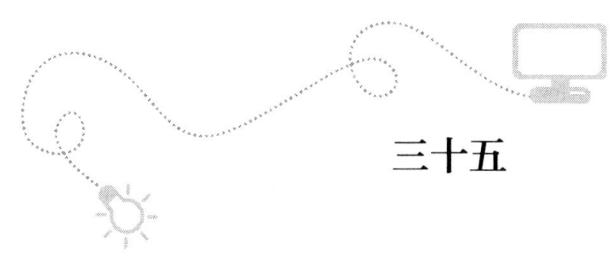

三十五

福建这边。许光明此刻没给家里打电话,是因为他正在县城的小巷子里走,心里凌乱。

昨天老同学、老板宝珠来了一趟县城。她对许光明说她想了好几天了,老同学是一个文化人,这么冲在产业一线不适合他的个性,也不利于发挥他的特长,考虑再三,还是让老同学专门负责"麦地郡南"文案宣传这一块比较好,原先的那一块,也就是总操盘手,让野蛮一点的人去管吧。

她对许光明温和地笑着,让自己的语气处于若无其事的状态,许光明心里突然是那么同情她,是啊,谁希望自己每天工作中有一个对立面啊,更何况他还是自己的老同学。换了自己是她,没准心里是多么盼着这老同学自己提出来走人,因为这是维持彼此面子和以前情谊的最好的办法,但她知道这老同学的两难,于是她也只好忍受,她把老同学调换到一个边缘的部门,尽量少做需要直面相对的工作。

许光明对着宝珠连连点头,好的,好的。心里什么滋味都有。宝珠看他能理解,心里突然有些难过,她说,那好,我走了。在宝珠走出办公室的那一刻,她回过头把手放在胸前向他摆了摆。

现在许光明在县城弯弯绕绕的巷子里走,他想,县城里哪有那么多媒体,所以哪有那么多广告文案需要撰写啊。他好像看到即将来临的日子里自己坐在办公室的窗前,在心里数着这一天有多少人走进了售楼处的大门,然后等着下班。

而下班,其实是不值得等待的另一种滋味。与白天的寂寥相比,一个人在小城,真正难熬的是夜晚。下班后当地人都回家去了,留下他一个人在办公室里,有时他在电脑上玩打牌,有时他也像此刻这样在街边散步。小城所有的街道他都已走到滚瓜烂熟。很多时候,从别人家里透出来的灯光和饭菜气息,对他是一种隐隐的刺伤。他走着走着会恍惚这是在哪里。走着走着会走到小城的边缘,天空上隐约的星星,让他惦记林红和女儿。他想老婆在老家,女儿在海外,自己在这里,冥冥中她们在想着自己吗?

他想这究竟是怎么一回事,一家人眨眼间就散得七零八落。

他想着林红不让他离开这里的话语,每一个字都刺耳,但都直入心里，他想象女儿许贝贝在澳大利亚的校门口发愣，因为要交学费了；他好像看到她拖着行李箱，走出了房东的家，不知去哪里栖息；他甚至看到了女儿走过餐馆，想买一个汉堡，却在为钱发愁……在这中国南方的星空下，他发现自己真的没用，他一边走，一边哭泣，他想多少年了都没这样哭过了。

他想，如果当时脑子不发热，女儿不出去，一家人厮守着，也会有快乐。

但转念间，他对自己又涌起鄙视：既然都已经出去了，就无法回到过去，现在女儿至少在外边学得很开心，学业非常优秀，明年可以考大学了，目标是金融专业。

林红个性强势的面孔在他面前晃动，她说，为了女儿，你不许回来。

这个女人这两年越来越强势。许光明知道这是因为她心里在发急。他懂她的道理，但他也知道自己的心性。她的每一句话都是正确的，所以更直击他的脆弱。比如她说，厮守在一起，虽然快乐，但如果厮守着彼此没有指望，也不会快乐到哪里去。

女儿的脸浮在对面的马尾松林间，他知道，对女儿而言，林红的这句话是千真万确的。

让女儿以后不像他现在这样生活，这是他如今最大的梦想。如果能做到这一点，自己还有什么委屈是不该忍受的。自己这十几年起伏不定的经历，使他对女儿的最大期望还真的不是成名成家甚至成才，他只希望她日后过得平静，节奏慢一点。他想，全世界还有哪里像我们这儿这样一路都需要调整自己，一代代都需要调整自己。他想自己这一生处在连续不断的转型期了,所以只希望女儿能跃过这些阶段,安安静静地过日子,过一个文静女孩所该有的日子。

要让她跃过这些阶段,那么他现在必须驻守在这些阶段。他想着这一点,心里充溢起温柔。他穿过小城夜色中狭窄的弄堂、街道,他想,所以说,现在我能做的就是待下来,守下去,干下去,为了她。

是啊,说实话,像他这样的人,到哪里能去搞20万?

或许要这么想才对,虽然老同学看着自己不爽,每天的工作近乎无聊,房产公司同事视他为吃白饭的……但到现在这个时候,要这么想了:这里能提供20万年薪,是老天给我和贝贝的最大的机会,是我们一家分离的最大收益,别娇气,甚至该感恩才是,谢谢宝珠同学。这样心里才会好过一点。

他对着空晃晃的巷子突然大喊:做下去,挺下去!

后来快走回到宿舍的时候,他掏出手机,给林红打电话,这是一天的常规节目。他对着那头说,喂,你在干什么?

他听到了老婆的声音。他在心里说,老婆,我会待下去,放心,20万。

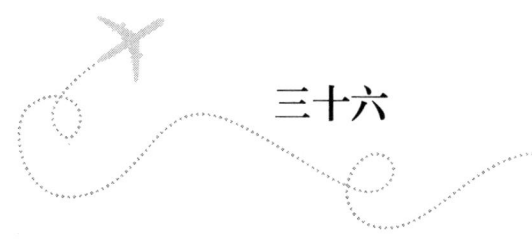

三十六

海萍见许光明电话过来了,就赶紧告辞,她从林红家出来,坐着210路公交车回家。

车子一路向南,一站站驶过邮政路、中山路、新岗路、人民路。车窗外霓虹夺目,声色光影中,是都市夜晚的繁华街景。吹进车窗的风已经有了暖意,春天正在来临。

一支歌在车厢里唱:"徘徊过多少橱窗,住过多少旅馆,才会觉得分离也并不冤枉,感情是用来浏览,还是用来珍藏,好让日子天天都过得难忘,熬过了多久患难,湿了多少眼眶,才能知道伤感是爱的遗产……"

歌声来自车上悬挂的车载电视。它适合海萍此刻眼睛里的街景和心里的情绪。

林红哭泣的脸庞,"后面没别的事,如果有的话,就是钱"。海萍看掠过车窗的繁华夜景,在十字路口等着过红灯的时候,对面海悦大厦上的LED在播放江湾5号豪宅的广告,海萍在盘算自己的家底。

自己的工资卡上有3万元,方园的工资卡上大概有5万元,这些年的积蓄分散在另外几张工行、交行、农行卡上,将近25万元。另外,就是现在居住的芳林新苑的商品房,100平方米,按揭去年已还清,此外,还有一套当年单位分的福利房,在城南,68平方米。这些家底,其实平日里就清晰地排列在海萍的心里,就这么几种,清清楚楚,再排列也就没有了。

公交车上,那些出来逛街的年轻人,拎着一袋袋刚购买的衣服。海萍坐在车厢后排的座位上,心里的那些家底在眼前浮动着,数了几遍,现在它们好像叠映在窗外的风景里了。她发现自己像这城里的一个小孩,因为想买个什么玩具,打开储蓄罐,数了一遍遍,才发现自己还不够有钱。

江湾5号的炫目广告,在硕大的LED屏幕上轮番铺演,直接映在夜空中像一个虚境,海萍看着这片夺目的金黄色影像,心里高兴起来,因为自己城南的那个小公寓距离江湾5号不远。她想,江湾5号的高价会带动自己的小房子,江湾5号每平方米据说是5万元,那么小房子就可能接近3万,虽然是旧房子,但因为是学区房,周边有全市最好的小学江南小学,所以房价可能会达3.5万元左右。

海萍算着,她一下子心算不出如果按每平方米3.5万元计算,卖掉这套房子，可以得到多少钱。

她拿出手机，用计算器按了起来，238万元。

在灯光幽暗的公交车上，海萍感觉只有那只车载电视和自己手里的这只手机在闪烁着。她赶紧揿了手机。她的心情自走出林红家门以来，直到现在才松下来一些。她想，如果真有这个数字，再加上积蓄，那么我和方园、朵儿至少不会像林红一家那样陷入窘境。

她接下来继续算，入读澳大利亚公办高中，学费每年近8万元人民币，因为住在哥哥家，住宿费生活费哥哥已经表示过了，只收一些意思一下行了，一年下来十一二万元应该是差不多了。所以，如果把房子卖了的话，应该没问题了，而且还够以后读大学的。

车载电视上陈奕迅还在唱，"把一个人的温暖传递到另一个的胸膛……"海萍想着城南自己的老房子，她好像看到了它在那幢七层楼里黑灯瞎火的样子。那里是一个成熟的老小区，她想象着楼下老人在聊天，小孩在嬉闹。她想起来自己乘坐的这210路公交车等会儿要经过城南新岗路，那里靠近老房子所在的雅明苑小区。她突然决定今晚就去看看自己的老房子。

她拿出手机，给方园发了一条短信。她问他过不过来，一起去看看旧家。

海萍来到雅明苑，她站在8幢的楼下，向自己的小房子眺望。

它与自己刚才想象的一模一样，黑灯瞎火着，但不知怎么回事，这么看过去，它那眼熟的样子里好像带着点萧瑟的调子。

海萍知道这感觉来自自己的心里，也可能来自它好久没人住了，现在即使站在楼下，也能感觉到它透露出来的没人气的声息。

海萍突然有些难过，因为她发现自己有些舍不得它。她抬头向上看着，五楼那个阳台，雨篷依旧，当时自己和方园刚搞装修，啥也不懂，雨篷开始忘记装了，等屋子全装好了，才想起来，结果找了小区旁边的一个小店上门安装的，花了1200元钱。

阳台上，几只花盆还摆在那里，透过栏杆，影影绰绰的，梅花桩的枯枝还在，那是有一年春节单位送的，印象中，这梅花在阳台上开过两三个冬天。

海萍看着这房子，那么眼熟，以前每天下班回家，经过这中央小花园，都会抬头看一眼它，有时它亮着灯，有时它暗着窗，都那么亲切，因为这是她在这城市里的第一个自己的小屋。

结婚10年后，他们按揭买了芳林新苑的商品房，那里距离他们上班的地方和朵儿的初中比较近。从这里搬走后，这小屋起先租给了三位大学生，后来又租给过两位广告公司的员工，他们把房子搞得乱糟糟的，海萍就把它收了回来，没再出租，放了两年。

方园到雅明苑的时候，发现海萍正在楼下看着那个屋子发愣。

方园问，林红那儿你去过了？

海萍好似有千言万语一下子说不清，她向上指了指自己家的老房子说，林红说钱才是问题，别的不是问题，所以我们得来看看这房子。

方园懂她的意思。这有什么不好懂的。卖了房子，有了钱，就能送孩子出国了，我们好歹还有一套房子，好多人家不也是这么办的吗？

方园说，我带来了钥匙，上去看吧。

方园海萍走进了8幢的单元门，好久没来了，楼梯和过道看上去已变得那么旧，墙上有水印，拐角处有石灰层剥落下来。

方园打开房门，打开灯，屋子里空空荡荡，有一股生涩的气息飘在空中，那是久没人住的味道，少量的家具很整洁，但可以感觉它们蒙着一层灰，只是在灯光下无法看清。

海萍在房间中央转了一圈，刚才的难舍之情好像还在心里。她说，这是我们的第一所房子，当时装修花了好多力气呢。

方园可来不及多愁善感，虽然他知道这女人的心思。他搂过海萍的肩膀，在这空空的屋里拥抱着她，他说，现在它可是我们指望的一只下蛋的母鸡。

海萍看见方园的额头上有皱纹了，她发现他这阵子突然老了不少。他的脸庞此刻就在她的眼前，他的辛苦和隐藏的焦虑也在眼前，她亲了亲他的脸颊，在这空空荡荡的屋子里，她想起了林红许光明天各一方的忧愁，想起十多年前自己和方园第一次来这屋里时的年轻模样，于是她把方园的脸拉向自己，她用力亲上去，把方园愣了一下。

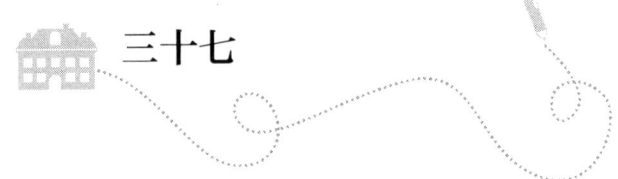

三十七

果然如林红所说,被澳大利亚高中录取不是问题,一个月后,海萍收到了哥哥天浩的邮件,说朵儿已被当地高中录取。

接下来,方园夫妇开始了奔忙:汇寄第一年学费,为朵儿办护照,接收录取通知书,办签证申请表,办家长履历表,办子女关系证明,办各类财产证明……

也如林红所说,其余的都不是问题,除了"钱"。

因为签证须提交家庭财产证明,财产越丰厚,说明保障子女留学的经济基础越厚实,被签通过的可能性就越大,所以,现在对海萍方园来说,与办理各种签证手续一同进行的是卖房子。

雅明苑那套房子的信息,被挂在"居住江城""爱家网""你有一个家网"等二手房中介公司的房源名录上。每天,方园都在等待着自己手机的响动和随之报来的价码。

在最初的一两个星期里,方园没接到几个欲购者的问询电话,除了一大群售房中介工作人员对他的纠缠,他们不停地问,多少钱,准备让还多少价,什么时间可以带人来看房……一拨拨人马轮番前来打听,方园后来都迷糊了他们谁是谁到底是哪家公司的,但有一点方园知道,这是中介在抢夺房源。

他们抢得再起劲,没真正的顾客来看房也是白搭。

方园在焦虑的等待中,眼睁睁看着两个星期就这样过去了。他对海萍说,就我们存折上的那点存款,递到使馆去签证他们会不会嫌少?海萍说,那当然。方园说,把我们两套房子的房产证明都附上,他们还嫌少吗?

海萍看着方园发愁的脸,心里的怜悯和焦虑也同时生出来,她想了一下说,对呀,房子也是有值的,至于有没将它换成现金,这还不是一样吗?都只是用来说明这个家庭的经济状况,如果是一样的,那么我们就慢慢卖,卖房这事太急了也办不好啊。

方园说,要不我明天到留学中介公司去打听一下,一般需要多少现金存款证明比较合适。

第二天,方园去"新海岸"留学中介公司找一位师弟,他如今在那儿当副总。方园穿过"新海岸"长长的过道,发现每一间办公室里都挤着咨询的家长。走廊上一位老爸在跟别人说,这个季节都在抓紧办,要不孩子赶不上下学期的课了。

师弟西装革履地出来，手势丰富像老外一样地说话，他对方园说，100万，最好是100万现金存款。

他笑着解释，签证官觉得多少够了我们也不知道，主要是来我们这里准备材料的，大多报送的数目都在100万元左右。

方园只能继续等待手机铃响。

一整天，没看房者打来电话。打来电话的是妈妈。

妈妈说，方园，这事已经好几天了，一直没敢告诉你，怕影响你上班，你爸发烧已经好几天了，热度一直没退下来……

怎么又病了？方园直往父母家赶，每当自己忙成一团的时候，他心里最怕的就是老人生病。

他往城西赶，路过宝光菜场的时候，他冲进去想买条鳜鱼。每次爸爸病了，喝了他烧的鳜鱼汤，都会好起来。对此，他有点迷信了。

今天菜场里几个卖鱼的摊档上居然没有一条鳜鱼。摊主说，这一阵子鳜鱼进价太贵，40多元钱一斤，进了货也少人吃，不过鲈鱼也很好啊，很实惠，11元一斤。

鲈鱼、鲫鱼、鳊鱼、多宝鱼在大塑料盆中游动着，方园说，可是我想买的是鳜鱼，我爸病了，他该吃鳜鱼。

卖鱼的看到了方园头发里明显蒸腾出一缕失魂落魄的烟气，赶紧建议他，那就买条多宝鱼吧，清蒸，清淡，最有营养。

但我爸要吃鱼汤。

卖鱼的说，那就鲫鱼汤吧，多放一些生姜，越多越好。

鲫鱼刺多。

那就多宝鱼,煮汤也应该好吃的。

方园心一急,就买了盆里最大的一条多宝鱼和一条鲫鱼,又买了把金针菇,直奔城西。

三十八

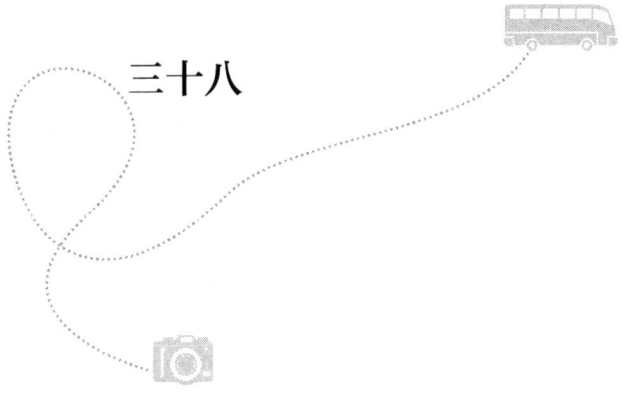

爸爸躺在床上,床上堆着厚厚的被子,窗外已是四月天了,一路赶来的方园抹了一把脸上的汗水,瞥见那被子和被子上盖着的深色棉衣,心里就有些冷。

妈妈把方园拉到厨房里,低声说,这次发烧一直退不下去,大前天我带他去了医院,医生也不能确诊原因,想让他住院,但病房没空床位了,你爸也不肯住院,只配了点药回来,这两天就在家里。

爸爸一定听见方园进家门了,嘴里在说,囡囡来了?

方园对着里屋大声说,囡囡在上学呢。

爸爸好像嘟哝了句什么,方园没听清,他走进爸爸的房间。

爸爸在说,囡囡,你不用来的,你自己去忙。

方园把手放在爸爸的额头上，蛮烫的，脸色灰黑憔悴，脸看着比以前小了一圈。爸爸说，囡囡，现在是早上吗？

于是方园知道爸爸是在叫自己囡囡。小时候爸爸也是叫自己囡囡的。方园说，现在是下午，外面太阳很大。

方园把窗帘挑开一些，下午的阳光透进来，爸爸的眼睛又大又深，看着自己心痛的样子说，你去上班吧，其他同事看你不在，不好的。

方园心想自己刚刚才进门，他就催我去上班，自己即使是劳模，家里老人病了也得请假。

他用手抚爸爸的眼帘，想让它们闭上，说，你睡吧，别多想着我上班的事，只要你好起来了，我就没事了。

爸爸闭上眼。方园分明听到了他心里的叹气。也可能自己这话又会让爸爸敏感，这两年老人总是生怕自己病了拖累他，虽然嘴上不说，但方园知道。

于是，方园一边走开，一边说，你再睡一会儿吧，我去烧一点鱼汤，喝下去出点汗就会好了。

妈妈趁方园在家，就赶紧去医院再配点药。

方园在厨房里忙起来，先把多宝鱼和鲫鱼洗干净，再细细地切一块生姜。

从来没煮过多宝鱼汤，看这鱼肉不厚，汤应该不会很浓。方园在鱼背上划了几刀，突然想，要不先煮鲫鱼汤，熬得浓浓的，然后把多刺的鲫鱼捞出来，再把多宝鱼放下去煮一会儿，这样汤浓刺少鱼嫩，不是正好吗？

方园觉得这主意不错，于是往锅里倒了一点油，手忙脚乱地把鲫鱼放进去煎，烟雾升腾中，他听见爸爸又在屋里叫囡囡。方园不知道他现在叫唤的是自己还是女儿，他对着里屋说，爸爸，我马上好了，就过来。

抽油烟机在嗡嗡地响着，乳白色的鱼汤翻滚起来，方园闻到了鲜香气在空中萦绕，他想起爸爸以前病时喝汤的样子，一调羹一调羹地啜饮着，汗水慢慢渗出额头，一边念叨"这汤不错"，那样子好像病好了不少。这让方园连同妈妈都迷信了鱼汤。

爸爸突然出现在厨房门口，他穿好了棉衣，颤巍巍地扶着玻璃门在看着方园。他说，方园，你还是去上班吧。

方园吓了一跳，说，爸爸，你怎么起来了？他赶紧放下锅铲，去扶老人。

他想把爸爸往卧室床上送，爸爸不肯，说，睡了一天了，我想起来坐坐。

他非要坐在客厅的餐桌旁。方园只能随他，锅子还在那边烧着呢，方园从茶几上拿过一顶帽子给他戴上，自己就奔进厨房，从汤里捞出鲫鱼，放下多宝鱼和生姜。

趁这会儿鱼在汤里煮着，方园回头透过玻璃门看了一眼爸爸，他看见爸爸也正透过门在看着他。

因为客厅背着光，所以他像一个消瘦的剪影，沉浸在心事重重的气息中。

方园向爸爸打了个手势，意思是快了，就好了。而那剪影所沉浸的忧愁，穿玻璃门而入，强劲到令人难过。

他知道爸爸又在想什么了，这两年爸爸好像越来越容易感伤。难道每一个人到年老时都要纠结自己越来越没用了吗？

从眼角的余光看过去，爸爸这次真的病得不轻，虚弱到每一阵吹进窗口的风都让人担心他会不会受凉。

方园端着热乎乎的汤，从厨房里小心翼翼地移出来，他对爸爸说，这一碗喝下去，就退烧了。

爸爸喝了一口，脸上有惊奇，问，这是啥汤？真好吃。

方园说，是多宝鱼。

爸爸说，多宝鱼很贵的吧，不要在我身上再浪费钱啦。

方园从没听他说过这样的话，就觉得不顺耳。方园说，即使再贵，偶尔尝尝也贵不到哪里去。

爸爸说，其实我吃什么都好吃，都是一样的，所以犯不着多花钱。

爸爸病着，方园就没和他再争。爸爸又在劝他去上班。方园起先纳闷，但接着就猜测可能是爸爸觉得自己拖累了他，所以赶他去上班，心情会轻松一点。

方园说，爸爸，你生病我请假，这符合人之常情，如果还去上班，人家要么以为我想当先进，要么当我怪物，现在人的想法和以前是不一样的了。

爸爸点点头，手里的调羹一直没动。方园说，你喝呀，喝呀。爸爸低头看着汤，说，这个鱼真的很嫩，没有刺的，你也去锅里盛点尝尝。

方园说，我等会儿吧，锅里还有很多呢，你尽量多吃。

爸爸看了看碗，眼里的光现在很虚散，他对着碗轻摇了头，说吃不下了。方园有些急了，就大声说，你才喝了这么几小口，鱼肉都还没怎么碰呢，趁热的，多吃点。

方园就坐在爸爸的旁边等着他再吃一点，方园知道他其实喜爱这多宝鱼，也喜欢自己坐在这里。平时每个周末他都在盼自己回来，现在自己坐在这里，他心里哪会真的不喜欢。

但今天方园爸爸好像真的吃不下去，而且坐不住了，他歉疚地看了一眼几乎没怎么动过的汤碗，再看看这个儿子，他扶着桌边站起来，说晚上还可以喝，留一些到明天还能喝的。

方园就扶他到床边。他说想坐一下。他坐在床沿上在控制喘息，像一匹正在沉沦的老马，方园不知他身体里哪一个部位在痛苦。方园的悲哀涌上来，他看见了阳台上的阳光，就说，要不坐到阳台上去吧，晒晒太阳。

方园和爸爸坐在阳台上，阳光落在栏杆上，正一点点地移进来。

方园爸爸灰黑的脸色在折射进阳台的光线中有了光亮。方园想，这一次到底是什么病？他有先天性心脏病、胃病、肠出血，当了多年高中数学老师，在年复一年的升学压力中迎来送往一茬茬学生，病病歪歪的身体，拖了这么多年也算是幸运。现在他是真老了。

在这么一个下午,面对病中的父亲,方园感觉有什么东西正在像水流一样从身边逝去,他想抓紧它,他想让父亲开心起来,于是他说,爸爸,你还记得吗,我小时候,你背着我翻山越岭的情景。

方园希望看到那苍老的脸上有一丝笑意。果然,笑起来了。爸爸用手抚了一下面前的虚空,好像在比画方园年幼时的身高。他说,那时候你才这么高呢,骑在我的肩膀上。

那时候爸爸在一个小镇上教书,方园上小学前有一段时间爸妈分别带着儿女生活在两地,每个星期六下午,爸爸和他穿过田埂、小丘、溪畔、松冈,回到江城照相馆楼上,与妈妈妹妹团圆。记忆中,那山冈、田野、桃花、爸爸,是梦幻似的童年背景。

阳光移进阳台来了,方园和爸爸暂时没有了声音,一只蜜蜂在飞舞,后来停在了天竺葵上。方园说,爸爸你记得吗,那时候,你一路给我讲《水浒》。

爸爸的眼睛在发愣。方园起身摸了摸他的额头,还是烫的。爸爸的视线投在了阳台外花园里的某个方向。他的思维显然在另一个空间。病中的他没有怀旧,他把话语执拗地拉到眼下这边来。

他说,囡囡,现在才14岁,她以后会很好的。

方园于是知道他在说朵儿。他说,是的。

他说,你看着吧,她现在还不懂,以后会更好的。

方园知道他在安慰自己，让自己不要急。

爸爸说，不会比那边那个差的，你看着好了。

方园知道他又在想妹妹方芳的事了。方园说，嗯。方园指着窗前去年种下的一棵柚子树，说，爸爸，柚子树今年没开出花蕾。

爸爸说，今年总是吃不了喽，明年吃吧。

爸爸还是把思维拉过来，他说，朵儿去澳大利亚读书是不是需要花很多钱？

方园大声说，这事你别管了，住在海萍哥哥家花不了多少钱。

爸爸在椅子上动了一下身体，仰起脸来，说，钱花在她的身上，是花在正地方。

方园发现爸爸突然好像病好了，他的眼睛又大又亮，他在说，你知道吗，我还有一点钱。

方园没响。

爸爸说，你别担心钱，我还有钱。如果囡囡学费不够，我出。

方园说，不用不用，我们够了。

爸爸突然站起来了，他从方园面前直接跨过去，往屋里走，他一边走，一边说，我还有点钱，给你看。

方园眼看着他跨进了书房，就赶紧奔过去想把他扶回来。方园爸爸颤巍巍的，挪到书架前，他蹲下来了，把手伸向架子下面。他拉出一个瓷瓶。

方园正说着"爸,你以后再给我看好了",方园爸爸突然就跌坐在地板上了,他想自己站起来,但好像没力气了。方园去扶他,他推开他的手,干脆软坐在地板上,斜弯着身体喘气,手里持着那个瓷瓶,像一个固执的小孩。方园蹲下去,抱着他的肩膀,心里很堵很软,说,爸爸,我可不想看你的钱,我有钱,你瞎操心什么,我什么时候说过我缺钱了,你要操心也不是现在操心,你现在养病,病好了才能少花钱。

方园爸爸把手伸进瓶口,摸索了一会儿,一个本子被掏出来。是一张存折。他抖索的手把它拿在自己面前,打开了,眼睛凑近去,看了看,他说,12万3800元。然后他抬头看着方园,他看见方园的眼泪都流下来了。他说,囡囡别哭,别哭。

他把本子递向方园,带着病容的脸上有隐约的骄傲和果断,他说,我也为囡囡出一点力,钱要花在该花的地方。

那本子在方园的面前轻轻地抖动着。方园爸爸说,拿着吧,拿着吧。

方园接过本子,狠狠地把它塞回瓷瓶,推回书架底下。方园说,不读了,不去读了,你为什么总是要把人弄到那么难过,我们不读了,反正不读了。

他把爸爸扶起来,往卧室里去。在这窗帘低垂的房间里,方园想哭一场,而方园爸爸靠在床上,脸上像深呼吸过后,需一些平息。

方园爸爸感觉头脑中有一群小鱼军团在飞快地奔逐,昏沉与热痛中它们由聚集开始四分五裂，像闪烁着小尾巴的碎片，每一条都带走一片思维，想把它抓牢，但往往呼的一声就不见了。

方园爸爸终于抓住了一条，他知道坐在床边的儿子此刻心里的难过。他知道是自己刚才牵出了这般的多愁。他伸手拉了一下方园的手说，你是我的宝贝，你知不知道？

方园愣愣地看着爸爸，有些恍惚和不自在，只有小时候爸爸才这样对自己说话。

爸爸说，你知不知道我最喜欢的人是谁？就是你啊。这一辈子我有你这样的囡囡不知有多高兴，看你跑东跑西，爸爸就觉得你辛苦，看你操心小囡囡，爸爸也觉得辛苦。你是爸爸的宝贝。爸爸的心情是由你决定的，爸爸知道你以后的心情是由小囡囡她决定的，爸爸知道这个，中国人都知道这个，小孩子是我们的大事情，即使心肝拿出来都想让他们过得好一点，谁都知道这个。一代代改变不了自己和周围的时候，就想让小孩去个好地方，所以，现在有机会，就让朵儿去吧，开始我舍不得，现在我想通了，当年你爷爷摇着船把爸爸送到城市里来读书也是这样的。那天他在船码头上和我分手的时候说，别想着家里，一点都不要想着，住到一个大地方去，不仅为自己，也为后代。那时候我不明白，后来不可能不明白。一代代人都是这样的，现在我想着朵儿能去，心里是高兴的。

他停了一下，用手指了指书房的方向，对方园说，记住那个哦。

方园爸爸一下子说这么多话，让方园有些担心，就方园对爸爸性格的了解，这些天爸爸应该把这些话想得滚瓜烂熟了，才会对他这个儿子讲，并且生怕自己不耐烦听。方园把枕头放下来，让爸爸躺下，说，你睡一会儿，你睡一会儿，热度又要上来了。

爸爸还在自语，你是爸爸的宝贝。哪天爸爸真走了，爸爸知道你会难过很久的，会一声声叫"爸爸"的，爸爸不希望这样。

方园遏制住自己的泪水，他装作没听见，他说，我去厨房烧点开水。

三十九

第二天上午，方园爸爸被送进了医院病房。他的热度在高位徘徊。

第三天上午，热度退下来了。中午11点钟的时候，方园看爸爸情况还算稳定，就让妈妈一个人陪着，自己去单位转一转。下午两点钟，方园从单位出来往医院去，路过"光明水果世界"就进去给爸爸买了一些草莓，这时电话来了，是妈妈哭泣的声音，她说，呼吸、心跳都没了，走了。

当晚家里办了一个灵堂。方园爸爸的一张黑白相片被放在了桌子的中央。闻讯的邻居们和老同事接踵而来，白色的菊花、黑纱，让这屋子变得悲哀和生疏，暮春时的风吹起了窗帘，窗外是与往常一样的小区黄昏,有人家在炒菜,有人家在吵架。人间烟火,日常循环。而这里,一个角落,今天却在轻抚自己不同往日的悲伤。

方园从学校接了朵儿过来,进门就冲着卧室的方向喊:爸爸,小囡囡来了。

这一次听不到从里屋传来的爸爸的声音。方园大声地再喊了一遍,小囡囡来了,爸爸。他想拼命听见那个苍老的、耳熟的声音,哪怕从空缈中传来。以往每一次来,它总是在问:囡囡来了吗?而自己总说,她在上学,她在补课。

妈妈和几个亲戚坐在沙发上,见方园他们进来了,她又开始了情绪的起伏,她呜咽:前天这个时候他还在这里。

小女孩朵儿心情紧张地被带到了那张黑白照片前。照片上,爷爷微笑着,头发迎风,双手叉在腰里,是四五十岁时的样子。这不是她印象中的那个老人。

朵儿听见爸爸方园在痛哭。朵儿看着相片和菊花有些恍惚。她刚从下午的科学考试中出来,一下子还对接不上这里的伤感,她在心里想,爷爷是真的没了吗?

她回头看了一下爷爷的那张书桌,她记得读小学的时候爷爷有次站在她边上,看她写作文。那天她写的是"小兔,小兔",她嗒嗒地往纸上写,每一句都引来爷爷的叫好,那一天她觉得好逗,感觉和爷爷好像在跑步,他跟在屁股后面喊,"好好好"。

接着,朵儿就看见了书桌旁边靠在墙上的那根黄竹竿。那竹竿上刻着一道道痕线，那是她每次来这里爷爷给她量身高的标记。她想，爷爷真的是没了吗？上次来这里时，他还给自己量过呢，那次爷爷量了半天也没量好，还摔了一跤。她好像看到了爷爷的面孔浮现在这幽暗的房间里，他拿着那根竿子从桌上台灯的光晕里走过来。小女孩朵儿就开始哭泣了。她瞅着泛黄的竹竿伤心地哭。那些刻痕粗粗细细的，从底处一道道向上升，朵儿知道这是她这14年来的身高，就这样一点点地往上长。

竹竿最上端还贴了一小片"草莓"粘纸，原本是红色的，现在已褪成了粉红色。那是她小时候贴上去的，她记得当时爷爷说"贴在这里贴在这里"的微笑样子。这个位置具体是多高，没量过，但至少比爸爸还高一个头。那是爷爷的希望。

朵儿走过去把那根竹竿拿在了手里，她想把它藏起来，一下子又不知藏在哪里才好。她瞥见竹竿上最后一道刻痕，心想，真正最后的那条线应该是爷爷上次没刻成的。为此她对自己的瘦爷爷充满了同情。小女孩拿着竹竿哭泣的样子让奶奶心痛。奶奶从沙发上走过来，想从她手里拿过竹竿，奶奶说，囡囡，这个奶奶帮你保管。

朵儿指着爷爷的床底下说，放在这里好了，别把它搞丢了。

美国的方芳那天晚上做了一个梦。

她梦见有一群人走在海边，突然她看见其中一个是爸爸，头发被风吹动着，面容很年轻，他在和旁边的人说笑着，他们很快地走过来，爸爸的眼睛很明亮，笑容儒雅，衣服是米色的。

方芳从床上坐起来,窗外天色还是黑的,她心里有奇怪的暖意和惶然,她想也可能这些天总在纠结他们是否还在不开心,所以梦里也放不下来。

想起彼岸那个家,她心里就有隐痛。他们现在谁都不来提留学的事了,但她知道空气中已有了雾气一般的隔阂,扯动它就会有争执,回避它也会有心痛。许多个夜晚她都会被它惊醒,想到他们在那边无奈地焦虑,她就有千般滋味,分辨不清的滋味。最近这两个月她每次打电话回去,都是妈妈接的,东拉西扯几句,问到爸爸,妈妈总说爸爸耳朵不好,不听电话了,听了也听不清。

外面的天色还黑着,估计是凌晨3点。她想着刚才梦中爸爸的面容,想再睡一会儿,这时就听到了电话铃声。

这十多年来,她最怕的就是这个时候的铃声,因为它一定来自中国,说明大洋彼岸的家里有急事发生。

方芳转了两架飞机,第二天深夜赶回中国。

她拖着个大箱子,进家门的时候,妈妈一眼看过去,感觉她这一路哭泣而来一下子老了好多岁。

她们抱头痛哭。妈妈说就等着她了,明天一早就去殡仪馆,按习俗火化不能超过三天。

方芳走进爸爸的卧室,那张桌子上,爸爸在相片中笑着,周围摆着白菊、百合和一些水果。照片中的爸爸和昨天凌晨梦里的几乎是一个形象。有那么一刹那方芳几乎恍惚,她想,难道爸爸昨天漂洋过海来看我了？一定是的。

在爸爸生前幽暗的房间里，方芳对着照片号啕而泣，亮在菊花百合旁的电子烛台闪着红光，方芳想着昨天梦中爸爸的笑颜，她嘟哝，爸爸你不生我的气了吧，爸爸，你来看我，就说明你不生气了。

方芳哭啊哭，哭到窗外的灯一盏盏都已经熄灭了。妈妈说，你要不和我挤一床睡吧。

方芳说，我再坐一会儿，你先睡。

方芳坐在爸爸的床边，看着红色电子烛光在明明灭灭。她从箱子里掏出几盒巧克力，放在水果旁边，她说，爸爸，你觉得苦，就吃一点。

爸爸的床上放着他以前的衣服，这些旧物明天也将被带去烧掉，以免日后睹物思人。它们散发着这个家的味道，那也是自己在大洋那边每每想家时总能念起的味道。方芳泪水汹涌，每一个角落都让她心疼，她觉得这一生真的短暂，春夏秋冬，四季一生，就这么些衣物，能厮守在一起的时光也多么短暂，她用手摸索着这张床，她仿佛在感受父亲最后日子里的病痛。她开始惋惜自己的分离，她甚至羡慕起哥哥方园这些年与父母的相依。她感觉泪水在脸上纵横，她想我是一个没用的女儿，真的是没有用的，爸爸你恨我吧，我知道你怨我。坐在这里我也在怨自己。她好像看见爸爸靠在这昏暗的床上盼着自己，像无措时张望一条小径。这想象几乎让她肝肠寸断，她觉得他可怜，也觉得自己可怜，但更可怜的是自己无法提供的安慰。夜风吹进窗来，方芳看了一眼阳台外面。那安慰像火苗一样，如果一点点地拨，它还是会让彼此好过一些。

一阵阵风吹进房间，窗外路灯的折光落在墙角上，那些家具，那些摆设，好似都沉浸在旧时光里，这老屋就是梦里依稀的样子。方芳想，都说前三天逝者还会回家来，爸爸你是不是正在回来？

她把手伸进面前的衣物，她说，爸爸，让我带一件你的衣服回美国去，留个纪念。

她轻轻拉过那件淡蓝色的薄绒西装，她想不起爸爸穿这衣服的样子，她触碰到了它略鼓起的口袋，好像有个什么本子在里面。

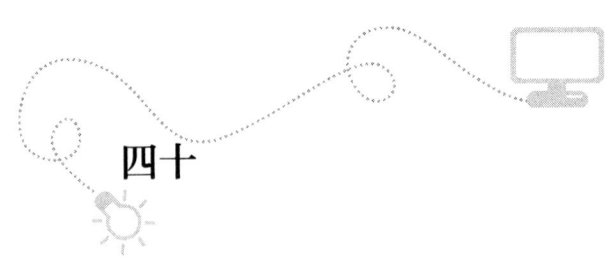

四十

遗体告别、火化、捧骨灰盒回家、安排亲戚朋友吃饭……方园爸爸的后事,在忙碌了四天之后结束了。

把自己忙昏、累晕,悲哀就会有所减缓,而一旦停顿下来,各种心痛又会强劲地涌上来。方芳这些天面容沉静地帮着妈妈、哥哥张罗爸爸的后事,在场面上,他们的言语被"爸爸"填满,没涉及任何与朵儿留学有关的话题。

私下里,方芳悄悄问过妈妈一次:朵儿成绩到底怎么样,冲上这里的重点高中有没把握?

方芳感觉妈妈淡淡地看了自己一眼,说了一句,我不知道,把握怎么说呢,可能就是连她的班主任也说不准吧。

方芳感受到了冷淡,她就不再打探了。而心里则像麻线团滚过，纠结依然在，只是它被压在丧父之痛的下面，她相信它也在哥哥那边，虽然这些天他对自己一如既往，好像淡忘了不快的一切。

方芳把收拾好的行李箱放在客厅墙角。她坐在客厅的沙发上发愣，明天一早就要回美国了。妈妈累了几天，正在里屋睡午觉。窗外的阳光明晃晃的，风吹进来有些炽热，感觉像夏天一样。

刚才上午与丧事有关的一切停顿之后，哥哥方园说几天没去单位了，有些事要去办一下，就匆匆走了。方芳想，那么他晚上还过来吗？如果他不过来，自己去他家走走吗？

方芳从沙发上站起来，她走到餐柜前，用手拎了拎一个塑料袋，袋里是她从美国带来的零食，这次回来得太匆忙，来不及多买礼物，就匆匆在家门口的超市买了一些吃的和一个玩具芭比娃娃，准备给朵儿的。

她想他们晚上还来这里吗？上午什么都没说，好似是怕了说什么，所以彼此在隐约中无边地拖沓。她坐到窗边，想要不要给他打个电话问一下。客厅的窗下夹竹桃正在怒放，粉灿灿的，有深郁的气息，方芳想，如果能种株桂花树那多好呀。从这里望过去，小区的路上现在没一个人影。方芳知道，无论是自己、哥哥还是妈妈现在谁都怕多说些什么，其实也不是怕，而是没这个心情，与生死相比，说什么都觉得轻似烟尘，但不说，烟尘又在心里，似有若无，不知哪个瞬间涌上来，令心里空洞，好似难以了却。

方芳坐窗边给方园发了一条短信：晚上有空吗？

隔了一会儿，方园回过来，说，晚上不过来了，单位有一个项目要去谈，我和妈妈已说过了。明天祝你一路顺利。

方芳对着这短信，既有失意又有隐约的解脱，她舒了一口气。

雅信中学的门卫对这个戴墨镜、穿修身牛仔衬衣的女士说，现在是上课时间，不能进去找学生。你是学生的家长吗？

大太阳下，方芳背着一只双肩包，她说，我是她的姑妈。

门卫说，那么你坐在这里等，等下课了，她才能出来。

方芳坐在传达室里，不时地看手表，还有15分钟才下课。从这里看过去，操场上有一些中学生在上体育课，他们穿着校服，高矮不同，在跑道上练习长跑。不知从哪一间教室里传来了朗读的声音："近几年来，父亲和我都是东奔西走，家中光景是一日不如一日，他少年出外谋生，独立支持，做了许多大事，哪知老境却是如此颓唐！……"是朱自清的《背影》。虽然方芳离开国内多年，但中学校园那特有的气息早已潜入她的心底，有时候晚上做梦都会梦到自己坐在教室里考数学，题目做不出来，时间一分分地过去，急得满头大汗，于是惊醒。所以总的说来，方芳对自己的中学时代并没有太多感情，就像包办婚姻，没感情但也厮守了六年。

方芳又看了看手表，她对门卫说，方朵儿在上课，我能去见一下她的班主任吗？我是从美国来的，明天就急着要回去，回去前想看看侄女，也了解一下她的学习情况。

门卫注意到了她衣袖上的黑纱、她忧愁的脸色，以及讨好自己的笑容，觉得她像个文化人，就让她进去找教师楼201室的孟梅老师。

孟梅老师正要赶着去实验楼开年级组会议，所以没太多时间跟这个自称是朵儿姑妈的女人细聊，她简单地说小姑娘很认真、很勤奋，只是考试不太稳定，但冲一冲，考上重高还是有希望的。突然孟梅想起了什么，说，她不是准备出国了吗？

方芳说，没有吧。

孟梅拿起桌上的笔记本，匆匆起身往门外走，说，我要过去了，不好意思了，朵儿挺不错的，你放心。

方芳从教师办公室出来，正好下课了。一群群学生从四面八方涌来，填充到一分钟前还空空荡荡的走廊上、楼道口、楼间空地上。方芳刚才已打听到了方朵儿的教室，她穿过喧闹的人堆，顺着走廊走到顶头的那间教室门口。

她站在门口向里面张望，一眼看见方朵儿坐在第三排，正利用课间时间在做作业。上午的丧礼上，朵儿露了一下面，就被她妈海萍匆匆送回学校来上课了。现在，她的衣袖上还戴着黑纱。

方芳叫了一声，方朵儿。

朵儿抬头，看见方芳出现在这里，明显愣了一下，搁下笔就走过来了。

上午的葬礼方芳因为悲伤所以没太多留意这个女孩,现在她向自己走过来,脸上带着这个年纪的少女像小鹿一般容易被惊着的神情,半懂不懂事,可爱甜美羞怯。方芳用手臂搭了一下她的肩膀,笑道,朵儿,姑妈明天要回美国了,所以来看看你。

教室里的同学们好奇地看着朵儿的这个家长。方芳带着朵儿往走廊里走。她想找个地方坐下来聊几句。朵儿很乖地跟着她走下楼。方芳注意到孩子的校服有点大,那块黑纱缀在白袖子上端,像紧挨在肩头。黑纱在阳光下闪着亮光,让方芳心里动了一下,是冥冥中亲人相连的感触。正是下课时间,许多学生在身边跑来跑去,方芳看见回廊的台阶上没人,就说,我们去那里坐坐。朵儿很乖地点头,一声不响地跟着姑妈走。

她们坐在台阶上,前面是一个花坛,桃树葱郁,绿叶间有一些小小的毛桃正在长大。朵儿看着这个姑妈,不明白她干吗来学校里找她。方芳深陷的圆眼睛与爸爸方园几乎一样,她的脸颊很瘦,眼睛红肿着,那是今天上午痛哭的结果。

方芳从背包里拿出一袋东西,她对朵儿说,这是姑妈给你的礼物,巧克力布丁粉杏仁,哦,还有一个芭比娃娃。

方芳把芭比娃娃拿出来,是一个穿绿裙子的公主,长长的金发,戴着飞扬的帽子,装在一个别致的礼盒里。方芳把它递给朵儿,说,以前姑妈每次回来都给你带一个芭比,我记得你最喜欢芭比了。

朵儿好像吃惊姑妈居然送自己一个芭比,她拿在手里,笑了一下,细声说,我已经大了。

方芳听见这小姑娘今天对自己说的这第一句话，压根儿没注意她在说什么，只留意到她可爱的小脸她说话的样子和家族一脉相传的眼熟神情，她觉得她好乖，在这阳光透彻的下午，她像一棵小苗芽，让方芳心生爱怜。

方芳说，在这里学得开心吗？

朵儿说，还好。

方芳说，初三了很累吧？

朵儿说，还好。

小姑娘对方芳还有些生疏，更何况是坐在自己的学校里。朵儿不好意思地看了这个姑妈一眼，因为她一直盯着自己看，那外露的情感让她有些害羞。

方芳说，你想去留学吗？

朵儿在想这个问题，她说，还好。朵儿注意到姑妈脸颊上细微地颤动了一下。姑妈拉住她的手，说，姑妈会帮忙的。

朵儿有些奇怪，因为她知道是澳大利亚舅舅在安排这事。虽然爸妈没跟她正式说起过留学的事，但她多少知道他们最近在忙啥，怎么可能不知道呢。

方芳说，姑妈以后会帮忙的，让姑妈再准备准备，好不好？

朵儿不知道她具体是指什么，但看她脸上急切等着回应，就点头说，嗯。

一只足球被人踢到了花坛边，滚开了。一个男生跑过来捡，呵，是班长李想，李想向她俩做了个鬼脸，然后跑开了。方芳摇了摇朵儿的手，说，你不会怪姑妈现在不帮忙吗？

朵儿不知道她在说什么，就说，不会。

方芳搂住朵儿，用脸颊贴了贴她的脸，说，爸爸妈妈在怪姑妈是吗？

朵儿很奇怪了，她不知道爸爸妈妈为什么在怪姑妈，就细声说，为什么？

方芳说，他们认为姑妈不帮你的忙。方芳说完就后悔了，因为她一下子明白面前这小姑娘可能对这事一无所知，换了自己是方园海萍，也不会告诉小孩这些，更何况她还在冲刺中考呢，怎么可以让小孩心乱。

方芳脸上的汗在下来，她急得头皮发麻了，她转开话题说，哦，没什么，姑妈乱想一下。

她立马知道自己这话也没说好，果然，这小姑娘好像还在好奇，她细声问，为什么不帮忙，应该不会不帮忙的。

她纯真的样子让方芳心碎，方芳说，是的，怎么会呢？等朵儿大了以后，如果到美国读大学，姑妈来接你。

朵儿"嗯"地点点头。她看着手里的芭比礼盒，心想，姑妈样子怪怪的，是爸妈和她闹不愉快了吗？她心想，一定是的，否则她为什么一个人跑到学校里来看自己？朵儿这么一想，就认定了大人之间有事，说不定吵架了。

朵儿没敢问方芳怎么了，她低着头的样子，却让方芳明白了小孩的心思。方芳想自己真是多嘴了，小姑娘隐约的惶恐使她后悔莫及，她赶紧笑起来，说，大人有时候也会闹点小脾气，过去了也就没事了。朵儿，你别管大人的事，再说也没什么事，咱们俩有个约定，以后你来美国读大学，姑妈来接你，好不好？

朵儿点头。朵儿看着楼下的学生在往教学楼里跑，细声对姑妈说，要上课了。

方芳站起来，说，好吧，你去吧。

朵儿拎着那包礼物往教学楼走，她心里还在想大人是不是吵架了。她回头，看见姑妈正在看着她，向她挥着手。

方芳看见朵儿回头，在日光下像一头小鹿一样扑闪着眼睛，方芳好似看到了她小小心思里的疑惑，于是跑过去，抱住小姑娘说再见。

方芳说，朵儿，姑妈会来带你走的。

四十一

方芳不知道今天侄女朵儿放学回家会怎么和父母讲下午自己去看她的事。她想她会问他们大人之间发生了什么吗?

她想着这事有些抓狂。她发现自己在等着电话铃响。直到临睡前,电话铃都没响。她想,是啊,即使电话响了,说什么呢,彼此想法不同,他们不了解那边,而自己又不能如他们所愿……解释呀表白啊也确实没用。

人一畏难,就做鸵鸟。她恍惚地上床,想,下次回来再说吧,这样也许会更好点,时间会让情绪平静。她想,睡吧,等天一亮,就直奔机场。

第二天早晨,方芳拖着一只大箱子,妈妈跟在后面往小区外走，准备打车去机场。大清晨，她听着箱子滑轮在小区的路面上滚出的声音，她有些磨蹭，她在想，方园会不会来送自己？

她们到了小区门口，路面上空空荡荡，在等待出租车的这段时间里，方芳一直在往街的两边看，哥哥方园会不会正在过来？

妈妈拦了一辆出租车，方芳只好上车。方芳看着司机把箱子搬上后备箱，她突然拉住妈妈的手说，妈妈，你们是不是觉得我是一个没良心的人？

她拼命控制自己的泪水，在这大清早。她看着妈妈诧异的脸，她听见妈妈在说，方园早上要送小孩上学，不过来了。

方芳说，妈妈，我不是一个无情无义的人，我不是。

她捂着眼睛坐进车里，去往机场。

方芳坐在机场出发大厅，离登机还有两个小时。四下空旷安静，广播里在说，自己乘坐的这个航班将延误两个小时。她从来没像今天这样无所谓飞机是否延误，她甚至还希望延误让自己静一静。

各色旅人在面前晃动，透过落地玻璃窗，飞机在远处此起彼落。东边是城市的天宇，妈妈可能又坐在昏暗的客厅里对着桌子上爸爸的相片在说话，也可能，她正在想女儿快要上飞机了；哥哥已经好几天没去上班了，他现在可能在办公室里告诉别人办丧事的情况；朵儿可能正在教室里考试……在明净的机场大厅里，她在想他们，这么近，这么远，就像这天宇，等会儿走了，在大洋的那一边也常会想起他们。她的泪水又一次夺眶而出，她想，是不是傻了，如果昨天和方园聊一下，可能离开的时候就不会像现在这样难过，当然聊一下也可能更难过……这些念头左一下右一下袭过来，让她无措地闭上了眼。她感觉对面一个中年男人在注意她。她转过脸，看着那头的咖啡吧。她让自己想起爸爸，想他笑着的样子。有那么一会儿，她在虚空中对哥哥方园说了一句：聊一下总好，现在我想和爸爸聊聊都来不及了，以前打电话过来，他都不接，现在他走了，连说一声再见都来不及了。

她抹了一下眼睛，把手伸进随身的小包。她掏出一个本子，用眼角的余光看了一下周围，然后把它打开来。

爸爸在一张两寸照片上正微笑地看着自己。照片上的爸爸，已经有了年纪，白头发，眼睛里含着笑意，正笑眯眯地准备随老伴去美国看女儿。

照片是近年拍的，是白底彩色的护照相片。

事实上，这棕色的本子，就是一本护照。

内页没任何签过的印痕，并且碎裂了。

它藏在那件淡蓝色薄绒西装的衣袋里，是方芳那天晚上发现了它。

方芳知道这是爸爸藏的，甚至连妈妈都不一定知道。

这几天她只要想到它，心里就有碎裂的声音。她牢牢地压制着它，就像它是自己现阶段最致命的痛源。

她把它藏进自己随身的包里，在家里不敢拿出来细细看一下。现在，周围都是行色匆匆的陌生人，方芳把它拿在手里，想放声大哭一场。

她对着它说，爸爸，我带你去美国。

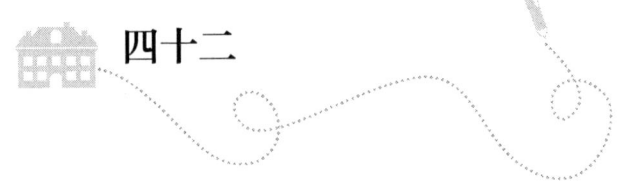

四十二

其实,最初是从那天上午在殡仪馆时开始的,方园的手机像突然触到了某个时段的开关,潮水一般的铃声一浪浪地冲过来。

"请问你雅明苑的房子是在出售吗?"

"请问雅明苑你的房子多少钱?"

"请问你雅明苑的房子学区是江南小学吗?"

……

方园和海萍想这是怎么了,一问才知道,原来在父亲病重、去世的这几天里,社会上突然传言,5月将出台房产新政,对二手房成交差额将征收20%的个人所得税,以进一步打击炒房。

这传闻令全城草木皆兵,除了那些手里拥有两套三套甚至数十套房子的人心急如焚外,购房者也争先恐后起来了,因为他们担心这一新规会使卖主像以往无数次一样,把税转嫁到购房者头上,反而增加了购房成本。

现在离5月只剩下半个月了,全城二手房市场被瞬间点爆,刚需像烟花释放,二手房成交量每一刻都在飙升,每一天都突破历史新高,一刹那,全市轻松成交了1万套。电台里,主持人在说,与上月同日相比,涨幅高达684%……

方园和海萍被卷入的就是这突如其来的浪潮。无数追问突然而至,"卖不卖""再让点吧"。市面上一下子出现了这么多二手房,不让价是不行的,更何况5月像个阴影,每天都在逼近。

海萍说,238万元,我看是卖不到了,就210万吧。

方园按这个价跟看房者争啊争,他们一个个说"考虑考虑",退去,就再没回来。于是方园对海萍说,210万,我看也是卖不动的,198万吧。

海萍说,也行,按澳大利亚大学一年30万计,四年,120万;再加上四年高中,住哥哥家,学费生活费每年10万计,就是40万,另算上其他想不到的费用,198万元也是够了。就198万吧。

因为海萍在急着签证这事,所以心想,只要差不多够留学费用了,也心平了,递交签证材料不能再拖了。

当价码放低,一拨拨人马继续前来。有要结婚的,有想让外地年迈的父母来团圆的,有小孩子将入学的,有怕房价还要涨的,有单身住怕了集体宿舍的……每一个人都像扛着一肩的隐形阅历，心事重重，心急匆匆，当他们报出的价码一样时，海萍简直不知道卖给谁好。

市场上余房汹涌，几天下来方园海萍198万的底线好像也守不住了，昨天说好的价，到第二天购房者又变卦了的事一再出现，让海萍的信心一天天在动摇。

有个傍晚，一对外地夫妻带着一个圆脸蛋小男孩来看房，说，孩子下半年要读小学了，想让他来这城市读江南小学。他们在海萍雅明苑空荡荡的房间里走动张望，明显地在犹豫。小男孩调皮，钻进了壁柜里搞得一身灰。海萍看得出他们喜欢这里，但也不是多有钱的人家。海萍听到那妈妈悄声对男孩说，到时候，外婆陪你住在这里读书，你听话吗？那一刻不知为什么海萍突然想到了朵儿胖乎乎的小脸，想到了她哥在澳大利亚的家，那个她想象中的木色客厅。她看见小男孩又爬到了那张方桌子上去了，小脸蛋上的神情像一只小猴，对她摇着手。

后来在下楼梯的过道里，她让了那对夫妻5万元，193万元。她拍拍那男孩子的头，说，好吧，主要是为了小孩读书，为这个，算了。

第二天，成交。

第二次模拟考的那天放学后，朵儿背着书包在教学楼下遇到了金琴。

朵儿说，一起回去吧，我爸今天不来接我。

金琴说，好啊。

朵儿问，你考得怎么样？

金琴没说这个，她突然告诉朵儿，我要出国了。

朵儿心里一跳，说，你爸肯了？

金琴说，嗯。

你爸肯你和他断绝父女关系了？

有病啊，说得这么难听。小姑娘好像被朵儿嘴里的话吓了一跳。

就是这么回事嘛，朵儿说，如果我是你爸，我才不干呢，不干。

金琴说，有病啊，是你不喜欢我出国吧。她心想，我出国就可以不参加中考了，所以你才这么说话。

朵儿说，如果哪天他又不肯了，你还转不转得回来？

金琴说，这又不是玩过家家，哎，你要不要吃棒棒糖，我今天请客。

两个小女生就在学校门前的小店买了两根棒棒糖，沿着街边往家里走。朵儿的心思又转到了下午的科学模拟考，她在担心分数，因为最后一大题中有一小题没来得及做完。她说，8分呢，我可能又排不进100名了。

金琴今天没心情谈这个，再说刚才那场考试她只会比楼下的朵儿更糟。所以她说，听说美国中学还有食品课呢，课可以自己选的。

她已经在想象那边了，而朵儿则发现了街对面那个金叔叔又在那棵香樟树下了。

她拉了一下金琴说，你爸来了。

趁金琴穿过马路，向她爸爸走过去，小女孩朵儿在这边仔细打量了这个快要没得做爸爸的叔叔，他今天穿了一身西装，手里拎着一个塑料袋子，朵儿不知道里面还是不是榴莲，即使不是，也一定是好吃的东西。朵儿想着榴莲就有些好笑，但其实心里也没太多好笑的滋味。像往常一样，她有些为老金着急，金琴去了美国，他总不能每天等到那边的校门口去，所以他现在确实该天天来这里等，即使这样，也只能等一个月了，这么说，是不是他只有一个月的老爸好当了？

朵儿一个人往家里走，她嘴里含着棒棒糖，她准备回家告诉爸妈，是爸爸猜准了，老金肯了。

这一阵妈妈爸爸在卖房子，嘴里都是100万、200万的，好像家里一下子多有钱似的。她知道他们在干啥，他们装作不能让她知道的样子，其实她知道。在这么一个放学的傍晚，朵儿突然想起来自己也可能去留学。由于平时每天陷身与同学的考试竞争，她没怎么去想这事，现在她想着它，在这日落街头的光线里，突然觉得它变得挺近的，并且带着些好奇和清新。她把棒棒糖从嘴里拿出来，看了一下，亮晶晶的，像一颗钻石，她就有些高兴，我也可能去留学的，我去澳大利亚舅舅家。

其实，方园和海萍前几天就知道老金同意女儿过继给吴佳妮的姐姐了。今天朵儿回来一讲，他们就借机教育：所以说小孩子学习要好，否则，你看爸妈要费多大的心思啊。

朵儿觉得这话说得不对，难道考试不好就要承担这样大的压力，甚至承担老爸没有得当老爸这样的压力？朵儿觉得不对，但她不知该怎么反驳，就开始哭起来。

小女孩这一阵经常突然而泣，这让海萍有些习以为常，认为是中考临近压力大的关系。海萍给她削了一个梨子，递过去，说，人家家里的事，有人家的理由，我们囡囡稳得住的，我们哪有这么多事。

小女孩哭了一阵，告诉妈妈，学校明天要推选保送生了，按初中三年的主课成绩、品行分数，以及各种加分进行排名，自己的排名本来一般，但加了那篇获奖征文的5分，还算可以，可能会被列入前七所重点高中的保送资格，但一定不会是前面的几所，估计会是最后那两所，那么，是选择保送还是放弃呢？

海萍方园没多想，就对朵儿说，我们还是自己考吧，准备了那么久，做了那么多题，如果是第六所、第七所，总不死心，冲一冲吧，就当人生的锻炼。

朵儿擦了一下眼睛，打开作业本准备做今晚的习题。

现在，她更清楚地瞥见了下午放学后她所想的那个事，它更近了一些。因为她知道，爸妈这么果断地放弃明天可能有的保送名额，也是因为有了它。

她做着题，心里有些恍惚，难道真的是要去了？

四十三

下午两点,方园站在马路边,背着双肩包,向每一辆经过自己的出租车招手。他要以最快的速度赶往澳大利亚签证申请中心。

也可能是他心急,也可能是这一时段街上刚好没有出租车。他等了一会儿,就开始了奔跑。他奔向地铁站。他想,就坐地铁吧,转两趟车,应该能赶在下班前把签证申请材料送进去。

就在刚才上午10点,193万元卖房款已被打入他的银行账户。现在这张存折就在他的双肩包里。

除了这张让方园心情略为紧张的存折以外,海萍方园的两张工资卡以及三张工行、交行、农行卡也在包里,上面零散的数字全部加起来近30万元。那本芳林新苑自家住房的房产证也在包里，方园爸爸留下的那本12万3800元的存折也挤在中间。除此，是一大沓包含出生证、亲子证明、收入证明、录取通知书等在内的各种申请材料，厚得像一本书。

现在，它们在方园的肩头。它们全是原件。所以方园感觉背的是一个家的全部家当。

方园在街边狂奔。他必须在签证申请中心下班前把它们送进去。今天是星期五，后面就是两个双休日，今天赶不进的话，就要到下星期去了。方园和海萍是多么希望能在女儿中考前就拿到签证，这样心里就会系上保险带。方园奔进地铁站入口，用手向后摸一摸，双肩包的拉链没有松开。他想，这办签证竟然要的是原件，存折、房产证统统都要原件，是不是不信任我们啊？

他奔向地铁站口，心里还在担忧，这些材料交给签证申请中心，再由他们寄往领馆，最后再由领馆寄回自己，这一路，安不安全，搞丢了怎么办？

方园进了地铁站，周五下午站台上人潮涌动，方园把包背到了胸前。这全部的家当就在他的胸口了，一会儿之后它们将离开他，投入一条他无法想象的路途。他不放心地低头看了一下这黑色的包。周围人流匆匆，谁想得到这包里可是他方园全部的家产。

方园抱着双肩包像抱着一个小孩，他挤进地铁，还给他抢到了一个位子。他抱着包坐在那里，车厢在轻微地晃动，他听风掠过窗玻璃的声音，在站台与站台的明灭之间，他心情有些紧张，他轻轻地在脑子里再次盘点了一下包里的各种材料，想想是不是有漏的。他想着爸爸留给他的那张存折，就好像看见爸爸的脸在对面的窗玻璃上向他点头。他就想哭。朵儿，但愿签证能过，爸爸让你去那边。下午两点钟的地铁里全是令人疲惫的空气，许多张脸都在想着自己的心事，看不出他们是高兴还是在操心。方园抱着双肩包想着女儿的事，有那么一阵感觉像是抱着小时候的她去海洋馆。

他在凤鸣站转十号线，那只包是他这一路的心事，也是他方家的期待。他发现它让他好累，这么小巧的一只包竟让人心力交瘁，好几次他都遏制不住想把它打开来再看一下，那些东西是不是没少。当他上了十号线，发现这一线车厢里人不多，他还真的把它拉开来看了一眼。

他看了一眼，想了想，就从包里掏出一张表格，然后把拉链拉好。他研究着表格，想着等会儿工作人员可能会问他的问题，因为女儿上课，自己作为父亲来代办可能会被提问。

坐在方园身边的一位乘客对他说，是去签证啊？

方园侧转脸，发现是一个风姿绰约的中年女士，面前放着一只红色的拉杆箱。方园说，你怎么知道？

她说，我看见你在看签证表格。

方园笑着点头，哦，对的。

她问，你是去读书吗？

方园说，不是我去，是我女儿去。他心想我看着这么年轻吗？

她好像有些吃惊，是你女儿，你女儿这么大了？

方园心里就有些得意，说，她是想去读高中。

方园和她聊天的过程中，已经感觉她不是生活在这边的人，至少已经很长时间没生活在这里了，因为她言语开朗，举手投足有国外的气质。一问果然是，1989年大学生物系毕业后就去了加州，现在在芝加哥一家大公司工作。她说自己这次是回来看望父母的。

一年回来一趟？

争取吧，一年尽量赶回来一次。

你这儿有兄弟姐妹吗？

有一个姐姐。

有人在这里照顾老人，你就放心一些。

是的，但姐姐也有自己一家人的事要忙，所以，我们让父母住在养老院。

方园这些天正想着妈妈一个人日后的生活，所以也在关心养老院的事。所以，他就问，你爸妈的养老院条件怎么样？

她捋了一下头发，笑了笑，说，很好的，我们还给他们请了个保姆也住在养老院。这个养老院我们十几年前就去登记了，轮到前年才轮到，我们这样没关系的人，只有早点去排队，所以也简单。

方园心想，你有钱哎，爸妈的养老总能做得好。哪想到那女人好像看出了方园心里想的，她说，我对我姐说，要钱的话尽管告诉我，但我姐说，钱有什么用啊，主要是人啊，现在主要缺人手在边上，我知道她说得对，所以我一般一年都要回来一趟。

方园在想那个养老院的事,他对这女士说,好的养老院这么紧俏,要十几年前去登记?这么说我给我妈去登记都来不及了,这么说我现在得赶紧给我自己去登记一个床位。

那女士笑着在海峡站下车,去养老院看爸妈了。而方园在汇胜路下车,出站抱着双肩包继续狂奔,在3点15分冲进澳大利亚签证申请中心,终于把材料递进去了。

他装作随意的样子问工作人员,这些材料你们快递到领事馆,最后由领事馆快递回我,这过程中会不会搞丢的?

工作人员早见过比这多得多钱的材料袋了,压根儿没当回事儿,说,怎么可能呢?

四十四

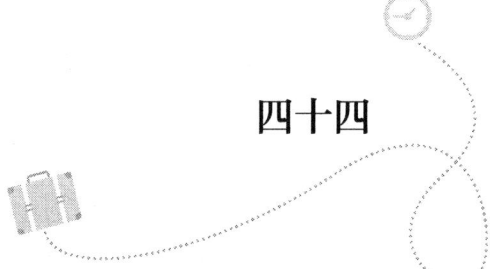

即使到中考前一夜,海萍也没收到寄回来的签证。

她不知道最后会通过呢,还是会被拒签。哥哥从澳大利亚打来电话,安慰她没有问题的,因为签证本来就需要一个多月的时间。但海萍心里还是不踏实。她后悔,早知道这样耗时,该早点把雅明苑房子给卖了,都是这房子拖了时间。但转念又想,要是早点卖,说不定还卖不掉呢,要不是赶上那个传言,哪有这么好出手的,事实是到了5月人们发现那还真是个传言。

所以,这是命。海萍想,现在命还没定,那么只能靠宝贝朵儿自己明天先去冲锋了。

第二天一早,海萍送朵儿去考场。远远地就看见校门上挂着巨大的红色横幅,"江城市各类高中招生文化考试试点"。横幅下许多老师穿着红衣服在给学生打气。朵儿拿着笔袋,穿过马路,走向校门。

海萍站在马路的这边,看着宝贝那个小小的、透着稚气的背影走进学校,去参加人生的第一场拼抢。她奇怪自己心里居然平静。她看到了周围和她一样正踮脚张望的爸妈们。他们忐忑的脸色让她明白自己的相对平静是来自于对另一条路的预感。在这个清风吹拂的早上,她再次想到了那堆申请材料。这些天她无数次地想,现在她看到了它们正山山水水一路过来。

她看见了楼上吴佳妮的前夫金志明也在人堆里,伸着脖子看着校门那边。她想,老金不知道他们琴琴今天不来考了吗?因为昨天吴佳妮告诉过她,琴琴各种手续都办好了,签证也过了,所以中考不参加了,反正不可能考得太好,就不给她留一个不阳光的记忆了。

她在犹豫是不是要过去对他说一声,但转念想,人家的事,不说了吧。

朵儿在考场门外遇到了金琴,她吃了一惊,说,你怎么来了,不是说你不考了吗?

金琴说,考的呀。

朵儿笑了笑,说,哦,我知道了,你也想体验一下中考。

不是,我得来考,因为我爸会等的。

其实刚才朵儿和妈妈过来的时候,就看到老金在门口了。

朵儿对琴琴说,你告诉你爸你不考了,他今天不就不来等了?

金琴脸红了一下,说,就让他等吧,反正他喜欢等。

小女孩朵儿突然有点感动,她说,我知道了。她就进了考场。

这一天上午的语文,方朵儿遇到的作文题目是"人生的等待",她沙沙沙地写着,她觉得自己运气真好,语文是她的弱项,但她知道这篇作文应该写得挺好的。

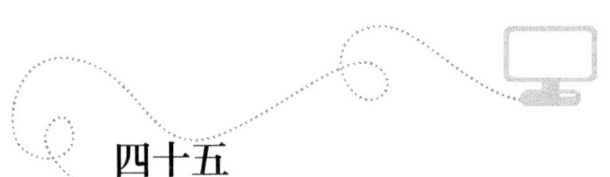

四十五

中考结束一个多星期后,分数出来了。朵儿的总分还可以,语文没像以前那样拖后腿,是因为作文得了高分39分。而拿手的数学少考了10分,其他发挥正常。这个分数放在朵儿所读的公办中学考生中尚属不错,但与民办初中那些经历严峻训练的考生相比,依然有差距,尤其今年中考分数咬得奇紧,高分段一分就差200名。按朵儿的分数,她被一所排名第四的高中录取。

这符合预想,但也再次让人服气了选拔的严酷性,每一分,都得一分一分地抠,你做100遍题,只要有人做了1000遍,你也白搭。江城的家长们开始恍悟,如果有机会一定要送小孩去"民办初中",只要有人在强化,你就有风险,只要你想冲进前列,就得抢跑,反复地跑,闭着眼也能跑。

方园一家已经来不及在意朵儿中考的分数了，因为签证正好寄回来了。

方园从传达室捧着那个厚厚的信封往家里赶。他一边跑，一边打开信封，看了一眼。签证通过了，存折、房产证一切的一切，都在。

跑回家，那本护照在三个人的手里转了一圈。方园给妈妈打电话，说，拿到了。海萍给澳大利亚发邮件，让哥哥帮着订机票。

在爸妈兴奋忙碌的时候，朵儿趴在桌上做作业。方园随口问了一句，朵儿，你在做啥作业？

朵儿说是高一的作业。原来，录取朵儿的那所高中很尽职的，刚录取了新生，马上就让他们来学校拿新学期的课本，让他们暑假里自己先做起来。老师说，你们不做，别的学校学生在做，怎么行？我们这里不是最好的，前面还有三所比我们好，今天即使是聪明的鸟都先飞了，怎么还有笨鸟的机会……

方园把朵儿从桌上拉起来，说，先歇歇，囡囡，这个作业你可以不做了。

小女孩看着他，在想着什么，那眼神像稚气的小鹿，她轻声说，真的要去留学了？如果到时候你们又说不去了，我可交不了作业。

方园说，去去去，爸爸答应的。

小女孩就把那些新课本收起来，放进了抽屉。

与所有出国留学的家庭一样，接下来，方园一家进入平缓而细密的行前准备。

行前准备，包括朵儿去"新东方"补习英语口语，方园海萍一趟趟去商店购置朵儿将携带的生活用品，方园妈妈赵姨盘算送孙女什么礼物，表姐林红不时来传递澳大利亚那边的生活信息。

整个夏天，女孩朵儿骑着自行车往返口语补习学校和家中，大太阳下，晒黑了不少。有时候一眼看过去，方园发现她在长高，而那稚气的眼神，好像还不知道接下来迎接自己的是突然而至的独自生长。想着这小姑娘将像一颗种子飘到陌生的彼处独自生长，方园愁肠百结。

海萍在整理朵儿摊了一床的新衣服，她安慰方园，我小时候也出远门，长大了就会知道这对自己来说是好的。

方园说，但想到她一个人在南半球，如果遇到什么事哭了，我就抓狂。

海萍就埋怨，当初留学是你想出来的，是你想出来的。

等"新东方"英语口语课结束，等海萍把那只大拉杆箱装满，8月就到下旬了。澳大利亚墨尔本那所中学就要开学了，潘天浩为朵儿订的飞机票也到时间了。

8月25日出行的那天，一家大小像在打乱仗。先是凌晨3点半，海萍就起来了，说朵儿那件蛋糕裙还是要带去，万一学校有活动，好歹有件礼服；那本高一数学书也得带去，万一那边的数学看不懂英文题目怎么办……她这一折腾，就到5点钟了，赶紧煮早饭。在煮粥、煎荷包蛋的过程中，海萍刚想多愁善感一下今后早晨再也不用给女儿做早餐了，方园突然进来说，囡囡睡梦中有点咳嗽，是不是着凉了？于是两人轮番进卧室摸朵儿的额头，认为应该没事。趁朵儿甜甜地睡着，他们盯着她的小脸看，方园轻声说，囡囡多乖啊，今天她要十几个钟头没得睡了。海萍看着宝贝柔嫩的脸庞，心里的情感像水雾一样升起来，她真想小女孩就一直这么软软地睡在这里，但事实是，等今天下午自己回到这里，这床上就只剩下她的味儿了，而人将坐十几个小时的飞机飞远了。海萍想象着这么一个小孩独自在幽暗的机舱里的样子，心里立马就空落了。方园在轻声嘀咕着什么。海萍让他别说话，快点出去，别把小孩吵醒了。

　　到7点钟，海萍把朵儿叫起来，像往常上学一样催促，快点，快点吃，林红阿姨叫了一辆车过来，在楼下等着了，她送我们到民航专线大巴站，奶奶已经去那边等我们了。

　　等一家人拉着行李箱出家门的时候，朵儿好像才醒过来。她背着一只差不多有自己一半身高的红色登山包，在迈出门之际下意识地回头看了一眼自己的家，她缩了一下脖子，小小的马尾辫晃了一下。海萍跟在她后面，女儿懵懂的侧面让她心里莫名地跳了。到了电梯里，朵儿想起来，自己床上的那只毛绒小猪要带去。海萍赶紧哄，算了，到那边再买一个吧。朵儿脸上就有想哭的样子。方园赶紧上楼去拿。

方园表姐林红已在楼下,她看见朵儿出远门的样子,就扑过来抱住她,亲了她脸颊两下。她说,朵朵,不要怕,你贝贝姐姐也是这样过来的,你贝贝姐姐也在澳大利亚。

他们到了机场专线大巴站的时候,看见方园妈妈已经等在车前了,她抱着朵儿还没来得及哭,就发现自己准备的一条金项链被忘在家里的电视柜上了,她要赶回去拿。方园说,哪个小女孩戴这个,下次回来的时候再送吧。但方园妈妈不肯,非赶回去,等她赶回来时,只来得及把盒子从窗口递上来。她这一来回,这边方园心里惦着的就是她了。

大巴到了机场,方园海萍朵儿手忙脚乱地推着大箱子寻找前往澳大利亚的航班柜台。朵儿拉着一只随身小箱,上面搁着那只小猪,跟在他们后面。柜台上还没开办登机手续,队已排得很长,因为是开学季节,队伍里的许多人是大学生模样。方园看了看手表,说,我们先去吃饭,否则后面时间就紧张了。一家人赶紧推着箱子下楼,餐厅人满为患,人一多什么都像是在抢,等抢到了位子,匆匆吃完,赶上楼,登机手续已经开始办了。方园和海萍站在队伍中,朵儿坐在大厅花坛边在玩手机,偶尔她看父母一眼,他们来不及管她,他们正心急地看着前面的队伍,她知道他们还在担心行李箱是否超重。

那只随身小拉杆箱放在朵儿的旁边,毛绒小猪现在置身于这个明亮的大厅,这些飞快移动着的人群中,看上去表情和在家里时有点不一样。朵儿就给它拍了一张照片。照片上的它坐在箱顶上,呆乎乎的。朵儿随手给它配了一句话——"唉,真的要走了"，就用手机发到了初中班级的QQ群上。立刻，同学李想他们就跟上来了：

"走了？"

"留学了？别唉。"

"再见！"

朵儿在和老同学话别的时候，眼泪不知不觉就流下来了，她也不清楚到底是不舍得什么，反正就是又哭了。她伸手把小猪的头按下一点，省得它瞪着自己。

那边，方园海萍没来得及顾及这边的女儿，他们看着柜台上的工作人员，看着那个行李传送带，他们确实在担心这箱子会不会超重，因为昨天装箱时觉得哪一样都舍不得留下。

当然在等候的时间里，海萍也在注意队伍里的那些学生。这是一个开学的季节，他们像候鸟一样将飞回去了，他们的脸孔也很稚气，虽然衣装手势有些国际化了，但神情其实还是稚气的，正因为这样，他们中的不少人身边、身后跟着来送行的家人、好友、同学。有一些在拥抱，有一些在劝慰，有一些在夸张地说笑，好像不这样就会立马难过。如果你走近去，可能也会发现他们的眼睛里有哭过或想哭的痕迹。海萍看着这些学生模样的人，心想，他们多数是大学生，朵儿比他们还小。她就回头去人堆里寻找朵儿，看见小女孩正静静地坐在那株塑料桃花树下玩手机。海萍看着周围那些学生，好像看到了朵儿接下来几年的样子，她就有些伤感也有些高兴，朵儿也会像他们一样，成为候鸟，随季节前来探望爸妈。

箱子没超重,方园把它放上传送带,拿下登机牌,这才OK。一家人这一路赶抢等待,使心情一直无法旁顾,现在等一切办完,松了口气,才发现,离入关时间只有20分钟了。因为这是朵儿第一次单独出行,所以他们想让朵儿早点入关寻找登机口,早点定下心来。

于是,只有20分钟来进行别离了。方园海萍赶紧走到花坛边上,挨着女儿坐下来。现在所有温柔的离情要在这20分钟里表达,这让他们无措而心急。

他们看着自己的女儿,而她看着手机。朵儿看着手机是因为刚才哭过,她不好意思让他们看出来。她低头问妈妈,入关安检时,这个小猪我是抱在手里呢,还是现在把它塞进箱子里。妈妈说,抱在手里好了。朵儿就像个小孩开始哭了。妈妈知道今天她就是想哭一场,没有什么理由。她就让方园把小猪塞进箱子里。方园蹲在朵儿的面前,想逗逗她,结果却是用手抱住女儿,用脸贴了一下她的脸颊。海萍担心宝贝如果大声哭起来,等会儿她怎么一个人入关,一个人候机呀?所以,她生气地对方园说,你帮我把这个包拿过去,看看里面还有没有水果,拿出来给朵儿吃点。

结果包里还有一只夏橘,海萍把它剥开,一片片塞进小女孩的嘴里。她看着女儿,也瞥一眼对面墙上的那只钟,心里在嘀嘀嗒嗒,她想,如果现在说不去了,我可能会很高兴的,真的很高兴的。她对朵儿说,几个月时间很快的,如果圣诞节想回来看妈妈，妈妈答应你回来，答应的。

一只橘子吃了，一家人挨在一起，一刹那静下来。谁都没说话，是怕说得不妥，也怕泪水从眼睛里出来。在他们面前，一些人走来走去，四处是流动的空港的气息，而在他们背后，那株巨大的桃树上万花怒放。方园从自己坐的地方望向这宽广的大厅，四处的落地窗映照出一个透亮、冷静的巨大空间，他和海萍朵儿挨坐在这里，像桃树下的一户鸟雀，短暂厮守，漫长别离，心里的温柔衬着空港永不停息上演着的别离身影，是人间的定义。方园把手臂伸开，拥了一下身边的妻女，说，时间到了，我们要过去了。

入关口，小得像一个窄门，这里有更多的人在拥挤中告别。有一个女人抹着眼泪疾步从面前走过去了。于是海萍真的清晰地看到了他人眼里的泪水。

海萍放开朵儿的手，她就混在人群中，一下子就走到了入关口，走进去了，马上就要拐弯看不见了。

朵儿，回头看一下。方园在喊。

方园举着手机，想给她拍一张照片。

朵儿回头看了一眼。然后就被后面的人群遮住了。

这一眼，令海萍刻骨铭心。

后来的许多日子里，每当她回味起宝贝这一刻眼里的神色，总是愁肠百结。小孩眼睛里有难过、惶恐、别离、担心……令海萍怜惜的还不是这些，而是那像一道光线突然闪过眼睛的意味深长。那是一个孩子在一瞬间突然什么都懂了的样子，是在懵懂中走到了这一秒钟才突然明白过来了的神色，明白了这是在做一件什么事情，明白爸妈是无法跟着她过去了，明白自己正在走开去了……海萍明显地看到了这明白了的意味，它确是一道突然而至的光，闪烁在她的眼睛，反射到了母亲的面前。它是那么显眼，就像人们说话时的一个停顿，让人无法不留意其中的含意。

海萍和方园坐在那株塑料桃花树下，现在这里只有他们两个人了。

他们像久久依恋这里的大鸟，一下子无力飞离。方园看着远处的入关口，好像在担心，也好像在等待着朵儿从那里跑出来。刚才他对朵儿说过，找到登机口后，给爸爸打个电话，爸爸妈妈就回家去了。而现在电话还没过来。

海萍回味着女儿刚才的眼神，她觉得今天是自己把女儿推开了身边，推远了家门，从此，她将越走越远。她想起朵儿小时候咿咿呀呀的模样，而现在也就是刚才那一会儿，她走了，自己心里立刻空了一块。

在人来人往的空港大厅，她无法遏制自己的悲哀，她想着女儿正怯生生寻找航班登机口的样子，她在心里对她说，宝贝，别怕。是的，宝贝，别怕。她想起许多个夜晚女儿趴在桌上做作业，她对着她的小背影在心里说，宝贝，别怕。她还想起了最近每个早晨，自己侧转脸看宝贝酣睡的样子，在心里为今天的离别做准备。人这一生，离别总是这么难过。好多年前母亲带着两个小姐姐，跟在汽车后面向她挥手，从那一天起，她就害怕离别。

她站起来，她胸口有一团气息好像喘不过来了，于是她冲着这空港大厅，这楼上楼下三层空间，这无数奔波的容颜，喊了一声：

妈妈——